本书为西安建筑科技大学

"地域文化与文学研究"创新团队阶段成果

赵红妹 著

福楼拜
文艺思想与创作实践研究

由书信与作品窥见

陕西师范大学出版总社

图书代号：WX20N2296

图书在版编目（CIP）数据

福楼拜文艺思想与创作实践研究：由书信与作品
窥见／赵红妹著．—西安：陕西师范大学出版总社有限
公司，2020.12
　　ISBN 978 – 7 – 5695 – 2030 – 9

　　Ⅰ．①福… Ⅱ．①赵… Ⅲ．①福楼拜（Flaubert，
Gustave 1821—1880）—文艺思想—研究 Ⅳ．①I565.064

中国版本图书馆 CIP 数据核字（2020）第 249638 号

福楼拜文艺思想与创作实践研究——由书信与作品窥见
FULOUBAI WENYI SIXIANG YU CHUANGZUO SHIJIAN YANJIU——
YOU SHUXIN YU ZUOPIN KUIJIAN
赵红妹　著

责任编辑	梁　菲	
责任校对	王文翠	
出版发行	陕西师范大学出版总社	
	（西安市长安南路 199 号　邮编　710062）	
网　　址	http://www.snupg.com	
印　　刷	西安市建明工贸有限责任公司	
开　　本	880mm×1230mm　1/32	
印　　张	8	
字　　数	155 千	
版　　次	2020 年 12 月第 1 版	
印　　次	2020 年 12 月第 1 次印刷	
书　　号	ISBN 978 – 7 – 5695 – 2030 – 9	
定　　价	48.00 元	

前　言

福楼拜在其书信中提出并阐述了自己对文学艺术的向往与追求,同时,在写作中反复实践、修改、验证着它们。本著从福楼拜的书信出发,研究他的文艺思想,并结合他的创作实践来分析其对自己所提出的文艺思想的实践与修改,守护与向往。

从如何看待文学的价值,到文学创作中主题的选择,再到文学作品最终要达到的目的和追求的效果,福楼拜都有着自己的思考和原则。他认为:从广义上讲,主题并没有美丑、高低之分,美的文笔可以驾驭任何主题。但是,主题处理起来却有难易之别。对作家个人而言,要选择与自己气质协调一致的主题。笔者以为,福楼拜已经成功做到了用美的文笔驾驭与自己的气质并不协调的主题,《包法利夫人》的成功即为最好的证明。至于福楼拜的憧憬——写一本没有主题的书,至少是让人难以察觉它的主题——也只能仅仅停留在设想层面,是"如果可能",却永远不可能真正实现的。

福楼拜认为,文学作品应该是科学的,即存在于一般性之中,有着普遍的效果。艺术的最高目的是给人幻象,引人思索。为了达到文学的普遍性和给人幻象的目的,文学必须是客观的。所以,艺术的客观性是福楼拜反复强调的一点。但是笔者认为:写作是一项非常主观的活动,由此出发,越是客观性十足的作品,越是主观的,因为客观效果是作者主观刻意为之才可达到的。福楼拜苦心经营以显示自己超然于小说之外,但也只是隐藏得比较深而已,读者仔细揣摩,还是能在诸多细微之处体会到他对人物、事物的褒贬好恶。但客观性仍然是福楼拜文艺思想最重要的内容之一,并且是他文学作品最显著的特点之一。既然如此,艺术建立在客观性基础之上的普遍性追求及其给人以幻象的目的,虽然受到艺术不能绝对客观的影响,但是从整体上看,福楼拜的作品还是在一般性的追求上和幻象的营造上取得了令自己及读者相当满意的效果。

福楼拜从审美超越维度给予艺术以最高的价值,反对艺术别有所为,坚持为艺术本身而写作的创作理念。他把艺术当作自己独特的宗教来供奉,以宗教精神作为自己的指引,努力维护艺术的超脱与圣洁。

目　录

绪 论

　　法国文学汲汲于求新求变,不倦于尝试突破,并因此成为近现代欧洲文学乃至世界文学大部分新思潮、新观念的策源地。近现代西方各种文学思潮、文学流派,多发轫于法国,之后推及欧美及世界各地。在法国文学的历史长河中,福楼拜是一朵独放异彩的浪花,他的独特贡献吸引着众多的文学爱好者与研究者走近他,研究他。福楼拜的文艺思想是法国文艺理论史上重要的一环,对后世影响深远。

　　福楼拜在其书信中阐述了自己对文学艺术的向往与追求,并在实际写作中反复实践、修改、验证着它们。因福楼拜对艺术有完美的要求,终日打磨,勤苦求索,一部作品从酝酿、动笔到修改、完成并出版往往需要几年甚至十几年的时间,所以他的作品数量相当有限。

　　他的早期试笔作品多为短篇小说或戏剧。

　　1834 年,读中学的福楼拜编辑手抄报纸《艺术和进步》,其中戏剧消息占重要地位;发表《勃艮第的玛格丽特之死》。

　　1835 年,在手抄报《艺术和进步》上发表《地狱旅行》。

　　1836 年,完成《一个王冠上的两只手》《谨慎的飞利浦的秘密》《有待感觉的芬芳》《交际花》《佛罗伦萨的鼠疫》《书癖》《狂怒和无能》《十世纪诺曼底纪事》,着手创作《狂人回忆》。

1837 年,完成《地狱之梦》(*Rêve D'Enfer*)、《铁手》,在鲁昂的小报《蜂鸟》上发表第一篇印刷作品——《一堂自然史课:职员的趣味》,模仿流行的《生理学》的写法。

1838 年,完成五幕剧《路易十一》,写作《垂死》、《怀疑论》、《死者的舞蹈》(*La Danse des Morts*)、《醉与死》、《斯马尔》(*Smarh*),完成《狂人回忆》,把它献给好友阿尔弗雷德·普瓦特万(Alfred Le Poittevin)。

1839 年,完成《斯马尔》《艺术与商业》《马杜兰医生的葬礼》《拉伯雷》《拉歇尔小姐》《罗马和恺撒》《小伙子》。

1842 年,写作《十一月》。

1847 年 5 月 1 日,和杜刚(Du Camp)去布列塔尼和诺曼底旅行,大部分时间步行,途经布洛瓦、卢瓦尔河畔的城堡、安茹,然后绕海岸回到鲁昂。8 月到 11 月,二人撰写了旅行札记,福楼拜写的是奇数章节,杜刚写的是偶数章节。(只有前几章在福楼拜死后出版,即《穿过田野和沙滩》。)福楼拜和布耶、奥斯莫瓦合写梦幻剧《心灵的城堡》(*Le Chateau du Cœur*)。①

福楼拜早年这些作品深受当时正如火如荼、为众人景仰与模仿的浪漫主义流派的影响。就连 1843—1845 年撰写的《情感教育》和 1848—1849 年创作的《圣安东尼的诱惑》仍受浪漫主义文学

---

① 以上有关福楼拜早期写作的资料主要参考[法]福楼拜:《福楼拜小说全集》(下),刘益庾、刘方译,北京:人民文学出版社,2002 年,第 578—582 页。

的影响。

以上作品主要书写资产阶级青年的苦闷彷徨,或者描述历史、宗教传说,讲述美德与恶行的冲突。此时,福楼拜还未形成自己独特的风格。

福楼拜第一部具有自身特色,但在当时惹上了官司,之后又为他赢得声誉和光环并使他永载文学史册,开启一个文学新时代的作品是,1851 年 9 月开始创作,1856 年 4 月才出版的《包法利夫人》(*Madame Bovary*)。

随之是每四五年才面世一部的作品:《萨朗波》(*Salammbô*),创作于 1857 年 9 月至 1862 年 11 月;《情感教育》(*L'Education Sentimentale*),创作于 1864 年 9 月 1 日至 1869 年 5 月 16 日;《圣安东尼的诱惑》(*La tentation de Saint Antoine*),发表于 1874 年;短篇小说集《三故事》(*Trois Contes*),创作于 1875 年 9 月至 1877 年 2 月,分别为:《淳朴的心》(*Un Cœur Simple*)、《圣朱利安传奇》(*La Légende de Saint Julien*)、《希罗迪娅》(*Hérodias*)。

福楼拜死后,由后人整理发表的作品有:《布瓦尔与佩库歇》(*Bouvard et Pécouchet*)(差两章未完);《庸见词典》(*Le Dictionnaire des Idée Reçues*)。[在作者留下的大量遗稿中,后人发现了三份取名为"庸见词典"而内容却颇有出入的手稿。其中两份是草稿,由福楼拜的助手兼好友拉伯特(Edmond Laporte)誊写;另一份成稿较晚,是福楼拜亲笔誊写并与拉伯特一起合作的修改稿。上海译文出版社 2010 年出版的由施康强翻译的中译本,参考的是法国星狸出版社(Castor Astral)2005 年出版的新版,内容为三份手稿的整合。]

　　但是，福楼拜的书信自1830年延续至1880年，频繁时能达到天天写信，日日传书。信函洋洋洒洒，蔚为壮观，仅他的亲笔书信就占"七星文库"的四卷。福楼拜一生并未系统归纳自己的文艺思想，更未著书立说形成理论并对其进行阐发，他的文艺思想散见于规模宏大的书信中。所以，从他的书信出发来研究他的文艺思想，可以更为详尽、准确地掌握大量一手材料，不失为一种更直接、更通畅的捷径。同时本著结合其作品分析他对自己所提出的文艺思想的实践与修改，守护与向往。

第一节　法国与英美研究概况

　　西方批评界早期一般从道德角度对福楼拜作品进行指责与攻击，关注的是福楼拜作品的道德效力。这一批评的主要逻辑，是将读者当作被动的接受者和受教育者，要求作家明确地"参与"作品，在人格上、精神上给予读者以引导。按照这一逻辑，19世纪的文学家兼道德巨人雨果和狄更斯理所应当地成为其他作家的表率，而福楼拜则始终被打入道德的冷宫，位列受诅咒之班。

　　因为过分充溢的道德感，福楼拜时代的绝大多数批评家都不是抱着欣赏的态度去接受福楼拜的作品的。以《包法利夫人》为例，虽然他们也承认福楼拜观察人物的敏锐能力，认为他塑造的人物令人过目不忘，但却责备他只是选择一些人类社会和自然界中低级琐碎的事物进行描写,忽略了那些能够真正在道德上对读者有所提升的东西。同时,他们批评福楼拜没有公开谴责笔下人物的卑鄙堕落,只是平静地、非个人化地报告所发生的一切,没有告诉读者应当如何行动。福楼拜的"无动于衷"(impassibilité)实际上是对人物的不道德、麻木不仁,而且未能为美德辩护。大多数批评家还发现,福楼拜超然的、不偏不倚的创作态度实际上是他玩世不恭的处世态度的证明。

道德批评的代表有杜朗蒂(Edmond Duranty)、圣伯夫(Sainte-Beuve)和巴尔贝·奥利维里(Barbey d'Aurevilly)等人。杜朗蒂是《现实主义》杂志的发起者,他曾批评《包法利夫人》是一部"没有感情、没有感觉和没有生命"①的小说。圣伯夫与福楼拜关系较为融洽,但他其实并不欣赏福楼拜那极端冷酷的态度及其对于手术刀般解剖技巧的过度强调,反对福楼拜无所不写的笔法,不满福楼拜毫无温情及悲悯的语气。巴尔贝·奥利维里则认为:"如果人们不去感受某种激情或者反其道而行之,那么人性中就不会再继续拥有主体。而福楼拜逃脱了人类精神的这一基本定律"②。皮埃尔·吉尔伯特(卡尔多斯)[Pierre Gilbert(Cardos)]认为,《包法利夫人》刻意构思,却毫无同情心,缺少的正是其自诩的客观性:"福楼拜莫

① Edmond Daranty, "Review of Madame Bovary," in Laurence M. Porter ed. , *Critical Essays on Gustave Flaubert*, Boston: Hall, 1986, p.49. 转引自王钦峰:《福楼拜与现代思想》,银川:宁夏人民出版社,2006年,第4页。

② Barbey d'Aurevilly, *M. Custave Flaubert*, in Laurence M. Porter ed. , *Critical Essays on Gustave Flaubert*, Boston: Hall, 1986, p.50. 转引自王钦峰:《福楼拜与现代思想》,银川:宁夏人民出版社,2006年,第5页。

名其妙在法兰西的乡村色彩中传播着悲痛欲绝的阴影,他笔端的天空降低到了几乎摧毁大地的程度,因此使得空气令人无法喘息。"①直到福楼拜创作生涯晚期,批评家们才对《包法利夫人》持一种基本上是欣赏的态度。

在那个时代,福楼拜的美学追求被人们忽略了,而且,他的"道德"本义(以审美主义抵抗物质主义)并没有被时代理解。②

管见所及,为20世纪关于福楼拜文艺美学追求的研究,做出突出贡献的是叙事学的代表人物之一热拉尔·热奈特,他在《词格》系列文章,尤其是其中的叙述学名篇《福楼拜的沉寂》《叙事话语——方法论》和《新叙事话语》中,对福楼拜的叙事技巧进行了精细的研究,提出了福楼拜作品的"无意义"问题。"1965年,热拉尔·热奈特在《福楼拜的沉寂》里,以探讨福楼拜描写中的细节问题为中心,发现了福楼拜作品的下述特点:1.从人物的梦幻到人物回到现实中来的过渡环节没有经过叙述指示上的变化,导致了梦幻与现实之间的分界不清。2.人物的幻想、想象、回忆并不比他们的真实生活更多或更少主观性。3.福楼拜'动用了对于物质在场的所有感知模式(尤其是触觉)'。4.福楼拜要求我们不要把弗雷德里克的回忆当作真实的回忆来接受。5.这种介于主观和客观之间的

①　吉尔伯特:《石杜之林》(2卷本),卷1,1981,第144页。转引自[美]雷纳·韦勒克:《近代文学批评史》(第8卷　法国、意大利、西班牙批评1900—1950),杨自伍译,上海:上海译文出版社,2006年,第20页。

②　以上国外研究概况参考王钦峰的《福楼拜与现代思想》。衷心感谢王钦峰在博士论文基础上出版的《福楼拜与现代思想》一书。著作中的文献综述全面而详尽,是本著研究不可或缺的基础和借鉴。

东西,这种假想的客观秩序从功能上看'没有别的目的,也许,这时它不过打断并且拖延了叙述的进程而已'。6.福楼拜早期作品及晚期作品的初稿中显示出作者对于狂喜的美学凝视的契机的沉迷。7.大量的描写投合了他对于'美学凝视'的喜爱,但与情节的戏剧性的要求相悖。8.更多的时候,描写具有自律性,它以牺牲行动为代价,从不试图解释什么,'甚至于它的目的就是悬而不决或间隔'。9.叙述因之落入了谜一般的沉寂中,导致各种各样的角色、各种人物的谈话的阻滞。10.大量琐碎的具有自律性的描写被视为'附件',它们的专断的插入毁灭了叙述以及叙事话语,最终导致'意义的逃亡'"。① 但这也只是局限于叙事学一方面的研究。热奈特牢牢抓住了福楼拜作品中那些无缘无故的和无意义的细节。他指出更多的时候,这些描写是因自身的缘故而被精心制造出来,这样的描写因无目的而没有意义。

20 世纪另一位卓有成就的福楼拜研究者是罗兰·巴特。1968年,巴特围绕福楼拜发表了两篇文章,一篇是专门研究由福楼拜手稿改动的《福楼拜与句子》,另一篇是以研究福楼拜作品细节为主的《真实的效果》。在前文中,巴特提出了"修改语言学"的观点。巴特把福楼拜的修改与传统修辞学所规定的修改做了比较:按照风格的传统理想,作家应该不断地调换词语,不断地使句子简练,以符合关于"精确"和"简洁"的神话,这两者都是明晰的保证;同时,人们却使作家放弃了一切扩充工作。而福楼拜将一种无限的

---

① 冯寿农:《法国文坛对福楼拜的〈包法利夫人〉的批评管窥》,载《法国研究》2006 年第 3 期。

自由引入了：一旦达到了省略，他反过来将省略引向一次新的扩展，即不断地将过于紧凑的地方"拆松"。于是，在第二个阶段，省略重新变成了令人眩晕的扩展。我们几乎都知道福楼拜风格的"简练"，但是鲜有知其"扩展"者。对于福楼拜那些貌似无用的细节，巴特和热奈特一样，把这一点当作福楼拜的革新来对待。一系列无功能的细节描写必将会破坏意指作用，即破坏能指与所指之间的会面、结合，这种破坏，也就是巴特所说的"无意义的终极意义"了。福楼拜的无意义细节具备了一种与传统逼真法则相冲突的真实的效果，破坏了叙述与结构，但却获取了某种终极意义。①

　　新世纪以来，有关福楼拜研究与福楼拜的写作特点、艺术特色领域的专著或论文集主要有：

　　吉塞勒·塞然热（Gisèle Séginger）的著作《福楼拜－纯艺术的伦理》（*Flaubert-une éthique de l'art pur*），由 Sedes/HER 出版社于2000 年出版，主要论述福楼拜出于对浪漫主义和自然主义的憎恨，确定了一种纯艺术的伦理。小说原以再现现实为己任，到了福楼拜手里，小说的注意力转移到以字句为荣上。纯艺术的伦理意味着一种小说与写作的特殊理念。其他信仰一个个倒塌，但是福楼拜对于文学的信仰却一直不可替代。福楼拜的写作试图回答文学话语的真实性与合理性问题。

　　艾伦·瑞特（Alan Raitt）的专著《〈包法利夫人〉的创新性》（*The Originality of Madame Bovary*, Peter Lang, Oxford；Bern；Ber-

---

　　① 冯寿农：《法国文坛对福楼拜的〈包法利夫人〉的批评管窥》，载《法国研究》2006 年第 3 期。

lin；Bruxelles；Frankfurt am Main；New York；Wien：Lang，2002）认为：虽然大家早已意识到了《包法利夫人》在小说历史上所起的转折作用，但是，现在应该研究一下它以何种方式在小说史上起到了彻底的革新作用。通过回顾福楼拜三十多岁时开始创作《包法利夫人》的迂回道路，艾伦·瑞特分析了小说在以下几方面的创新特征：主题方面、叙事技巧方面、文笔与语言方面、叙述视角方面。研究还指出了充塞在小说一切事物里的现代讽刺意味。艾伦·瑞特认为：《包法利夫人》中没有一个英雄人物，福楼拜对所有的人物都带有一种居高临下的讥讽语气和嘲弄眼光。从始至终充满讽刺，也是这部小说难以被成功地改编成舞台剧、电视剧或电影的原因。反讽因素在同时代其他作家那里较为缺席，这一点使福楼拜区别于其他作家。但是除去这一点，福楼拜与同时代的同行是有可比性的。福楼拜对《人间喜剧》的作者巴尔扎克既爱又恨，他钦羡巴尔扎克那卷帙浩繁、包罗万象的写作成果，但是对巴尔扎克在作品中充满自我，动辄跳出来发表自己的看法和偏见，且对法语满含轻慢的态度，是非常气恼的。所以，当好朋友杜刚和布耶劝他写一部当代题材的小说时，他断定自己的《包法利夫人》将有别于巴尔扎克小说中充满个人魅力及夸大其词的特点。这一目标引导福楼拜使用新的叙事技巧：新的视点、自由间接引语（le style indirect libre）以及对描写与叙述两者比例的调整等。《〈包法利夫人〉的创新性》在给了笔者很多启发的同时，其个别观点是笔者不能赞同的，比如笔者认为，"《包法利夫人》中没有一个英雄人物"的说法过于绝对了。福楼拜父亲的化身拉里维埃尔大夫（M. Larivière），虽然只有一次出场的机会,但是仍不失为作品里平庸愚蠢的人群中的一抹亮色,足以称得上是英雄人物。再者,专著中对福楼拜艺术手法的各个方面都是分章叙述的,各章之间联系不大,系统性不足。

剑桥大学出版社 2004 年出版的《剑桥手册 福楼拜》是一本有关福楼拜研究的论文集,共收入文章十四篇,集中了近年来英国在该领域主要的研究成果。如蒂莫西·乌文(Tinothy Unwin)的《福楼拜,克鲁瓦塞的隐士》(*Gustave Flaubert*, *the hermit of Croisset*)一文涉及了福楼拜关于真实问题的论述。该文作者谈道:巴尔扎克宣称他的小说世界是真实的,但对于福楼拜来说,小说的真实价值还是一个问题;隐士隐居起来的原因是唯有艺术可以救他,当然福楼拜的目的也与此相关——献身艺术。文中还谈到了福楼拜性格的矛盾,一方面孤高自傲,一方面却接受荣誉勋章。蒂莫西·乌文的另一篇文章主要谈论福楼拜的早期作品。米歇尔·蒂比(Michael Tilby)的《福楼拜在文学史上的位置》(*Flaubert's place in literary history*)一文,得出的结论是福楼拜承前启后,是现代派的先驱。艾莉森·芬奇(Alison Finch)的《福楼拜小说的文笔成就》(*The stylistic achievement of Flaubert's fiction*)一文主要谈到了福楼拜的反讽手法,他的客观性原则及其失败。他谈及福楼拜背叛客观性原则的一个例子是,在《包法利夫人》中,罗多尔夫对爱玛赋予自己的赞美无动于衷,甚至开始反思语言本身,这一反思明显是作者福楼拜发出的。但是笔者认为:福楼拜在这里已经运用自由间接引语很好地隐藏了自己,所以尚没有严重到背离自己的原则;仔细体味,读者能感觉到作者的思想蕴含其中。只能说是福楼拜没能做到完全客观，够不上背叛自己的客观性原则，因为他并没有跳出来大发议论。其他文章涉及的方面有，福楼拜的游记、福楼拜小说中的人物、福楼拜的写作过程、福楼拜的戏剧等。内容不可谓不丰富，给人启发良多，只是涉及福楼拜文艺思想的文章较少，即便是与其文艺思想有关的文章也只是涉及某一点，系统性稍弱。

《居斯塔夫·福楼拜 5：批评十年》(*Gustave Flaubert 5：dix ans de critique*)是一本由吉塞勒·塞然热整理的有关福楼拜批评的论文集，于 2005 年出版(lettre modernes minard PARIS-CAEN, 2005)。文章涉及的内容主要有：对于福楼拜青少年时代的戏剧作品的分析，有关福楼拜作品全集及书信集版本的研究，对经多次修改的福楼拜手稿的对比探讨，对福楼拜哲学思想的讨论等，由于与本著相关度较小，所以不再一一展开。

2008 年，由巴黎 Honoré Champion 出版社出版的克里斯蒂娜·凯费莱克(Christine Queffélec)的《福楼拜的美学和王尔德的美学－艺术与生活的关系》(*L'esthétique de Gustave Flaubert et d'Oscar Wilde-les rapports de l'art et de la vie*)一书，阐述了福楼拜、王尔德二人貌似对抗却实为统一的艺术思想。王尔德的格言"生活模仿艺术，而非艺术在反映生活"表明了自己的立场。他反对文学中虚构能力的衰退，这似乎走到了福楼拜创作原则的对立面，福楼拜的每一部小说都建立在丰富的文献资料的基础之上。然而，王尔德把福楼拜尊奉为自己的艺术大师。这一著作力图通过两位作家文艺思想与写作实践之间的对照，解释其彼此矛盾性崇拜的原因。王尔德给了自己的戏剧和小说很大的模仿生活的空间却不自知，福楼拜对完美形式的追求远远超过了对"所指"(此处指与"能指"相对的"所指"——笔者注)精确性的关心。他们在朝拜艺术美与写作技巧的殿堂中相遇,以此筑起对抗身处其中的世界的庸俗不堪与实用主义。他们与庸见奋勇作战,为语言的僵化而悲叹不已,并朝着恢复语言魅力的目标而不懈努力。

有关福楼拜书信研究的著作或论文集主要有:

让·布吕诺(Jean Bruneau)和伊旺·勒克莱尔(Yvan Leclerc)的《福楼拜书信索引》(*Gustave Flaubert-correspondance-Index*),由Gallimard出版社于2007年出版;雷蒙德·德布雷 – 热奈特(Raymonde Debray-Genette)和雅克·内夫斯(Jacques Neefs)的论文集《作品的作品:福楼拜书信研究》(*L'Œuvre de l'œuvre:Etudes sur la correspondance de Flaubert*),由Presses Université de Vincennes、Université de Paris VIII和PUV Saint-Denis于1993年联合出版;夏尔·卡吕(Charles Carlut)的《福楼拜书信 – 研究及批评汇编》(*La correspondence de Flaubert-Etude et répertoire critique*)分类后的书信索引,由OHIO State University Press于1968年出版;蒂埃里·普瓦耶(Thierry Poyet)的《从书信看福楼拜美学》(*Pour une Esthétique de Flaubert-d'après sa correspondance*),由Saint-Pierre-du-Mont于2000年出版。

《作品的作品:福楼拜书信研究》中,共收录了六篇研究文章,其中让·布吕诺的*Une édition en cours*和罗歇·皮埃罗(Roger Pierrot)的*Editer une correspondance*研究了书信的版本和编辑问题,与本著关系不大,不再展开。另外的四篇为:

雷蒙德·德布雷 – 热奈特的 *Une lettre à Jules Duplan, la pot-bouille et l'ensouple* 是通过福楼拜写给于勒·杜卜朗（Jules Duplan）的一封信，来看福楼拜的创作与自然主义的区别，最后得出结论，福楼拜绝对不属于自然主义流派。因为福楼拜为了在《情感教育》中描写罗莎奈特的童年生活，特地写信问于勒·杜卜朗有关纺织工人家里布置的一些详细情况。但是在小说中，他抛弃了真实的物件——纺织机上的经轴（l'ensouple），而改换为描述"正在炖菜的瓦罐"（la pot-bouille）。这说明，虽然福楼拜开启了准确描写的先河，但是他的"精确"不像左拉的自然主义那样拘泥于物质真实，而是要根据自己的诗学理想剪裁改换。因此，热奈特见微知著，认为福楼拜不属于自然主义流派。

克洛迪娜·戈托 – 默施（Claudine Gothot-Mersch）的 *La Correspondance de Flaubert: une méthode au fil du temps* 讨论的是，福楼拜在书信中显示出来的随着时间的推移和创作的进行所发现的一种创作状态，那就是要真切感觉自己所要写的东西，即化入人物与事物，与之融为一体。

雅内·贝泽（Janet Beizer）的 *Les lettres de Flaubert à Louise Colet, une physiologie du style* 认为，福楼拜写给高莱女士的信件用的是一种生理学的文笔。如"我所喜爱的，是散发着汗味的作品，透过罩衣能看见肌肉，……一种文学，血管里没有血……"（1853，8，26）；"此人（指缪塞——笔者注）虚荣透顶，流的是市侩的血"（1852，7，6）；"悲苦不只停留在脑海里，而会渗透四肢，使肌肉绷紧"（1852，7，6）；"你像椰子一样，表皮粗糙，紧连枝干，像无花果一样带着刺——会刺人手指,但饱含乳汁"(1852,7,6);"在乔治·桑的作品中,我们能感觉到白色的花;思想渗出,像在没有肌肉的大腿间流淌一样流淌在词语间"(1852,11,16)。

克洛德·穆沙尔(Claude Mouchard)的文章 *Flaubert critique* 探讨的是福楼拜对文学批评的看法。福楼拜认为,在他所生活的时代里,绝大多数批评都不是针对作品的,都是对艺术的亵渎。福楼拜计划,等自己老年无事可做的时候要从事文艺批评,要给世人做个榜样,让大家知道批评应该针对作品本身,而不应该有其他附加目的。

蒂埃里·普瓦耶的著作《从书信看福楼拜美学》谈到了福楼拜对艺术实用价值的蔑视,对其精神价值的崇敬。他反对父亲福楼拜医生的"文学无用论",但却敬佩父亲的职业灵感,并且认为,有了父亲这种敬业精神,他一定可以在写作中与词语不期而遇。蒂埃里·普瓦耶认为,福楼拜身上存在着诸多相反相成的因素:没有为自己的写作建立一套理论,却有着自己的创作原则;虽不依附任何一种文学成规,却经常阅读古典作家的作品,吸收和借用对自己有用的创作思想和原则。在福楼拜的一生中,完美的艺术品永远是下一个,他一面抱怨着正在从事的创作,一面构思着下一部作品,头脑中向来是多念丛生,充满了写作计划。福楼拜通过经年累月、殚精竭虑地对句子的打磨,最终成为一位颇具诗歌才华的散文家。

综上可见,西方对福楼拜这样一位经典作家有着广泛而深入的研究,取得了丰硕的研究成果,为之后研究者的研究奠定了扎实的基础,提供了丰厚的材料及大量的线索。但是有关福楼拜的研究,国外学者的笔力比较分散,无论是论文还是专著,涉及的方面大多比较宽泛,如对福楼拜的早期戏剧作品和历史小说的研究,对福楼拜手稿的研究,对书信版本的研究等;即使是那些笔力较集中的文章,从书信出发系统探讨福楼拜文艺思想的也较少。随着研究的深入,个人切入角度的不同,前辈对某些材料的分析使用以及所得出来的结论,定会在些许方面令后来人有不同的观点和见解。

第二节　国内研究概况

与福楼拜文艺思想相关的研究由李健吾先生自 20 世纪 30 年代开启。他发表于《文学研究》1957 年第 4 期的文章《科学对法兰西十九世纪现实主义小说艺术的影响——纪念〈包法利夫人〉成书百年(1857—1957)》论述了科学对福楼拜写作的影响。李健吾不仅是福楼拜文艺思想研究的先行者,也是三四十年代中国最重要的福楼拜研究学者。1935 年出版的于他多篇文章的基础上整理而成的学术著作《福楼拜评传》,在我国福楼拜研究史上具有奠基性的意义。

自 1949 年新中国成立直到“文化大革命”结束这段时间,因动乱影响,福楼拜文艺思想方面的研究也几乎停滞。

从 80 年代开始,我国学界关于福楼拜及其作品的专题探讨逐年加热,时至今日,与福楼拜文艺思想探讨有关的主要文章梳理如下。

关于福楼拜叙事技巧方面的研究成果主要有：胡亚敏的《论自由间接引语》（载《外国文学研究》1989年第1期），王钦峰的《论"福楼拜问题"》（载《外国文学评论》1994年第4期）、《论"福楼拜问题"（续完）》（载《外国文学评论》1995年第1期）和《福楼拜叙述言路的中断》[载《贵州大学学报》（社会科学版）1995年第2期]，段映虹的《试论〈情感教育〉的叙述手段》（载《国外文学》1997年第1期），等等。

胡亚敏的文章《论自由间接引语》简要分析了自由间接引语与间接引语的区别及前者的特点和优势，并为自由间接引语下了一个描述性的定义："自由间接引语是一种以第三人称从人物的视角叙述人物的语言、感受、思想的话语模式。它呈现的是客观叙述的形式，表现为叙述者的描述，但在读者心中唤起的是人物的声音、动作和心境。"并对文学作品中的几个段落进行了简要分析，其中包括福楼拜《包法利夫人》中的一处描写。王钦峰的两篇关于"福楼拜问题"的文章采用了一种综合了传统的传记式的、社会历史学的研究方法和当代的精神分析学、结构主义符号学等研究的新视角，推翻了"福楼拜小说中的描写的无意义"的结论。王钦峰的另一篇文章《福楼拜叙述言路的中断》认为："尽管直接话语的处理是中断的，间接话语的处理是含混的，但它们却都是多音齐鸣，同属于复调的范围"。"无论是中断的技巧，还是含混的技巧，它们都服务于一个主要的艺术目的（即复调）"。段映虹的文章认为，福楼拜通过两种叙事特点，其一，放弃全知全能小说家的态度，其二，在小说中,"故事"从属于"叙事",作家只限于呈现现实,既不对事实加以说明,也不有意在事实之间建立因果联系,从而给读者造成了一种混乱现象,真实地反映了现实生活的本来面目。

关于福楼拜写作的现代性特点方面的研究成果有:冯汉津的《福楼拜是现代小说的接生婆》(载《社会科学战线》1985年第2期),南茜的《福楼拜与现代小说》(载《外国文学研究》1985年第4期),巴文华的《论〈圣安东尼的诱惑〉的诱惑——兼及现代派艺术溯源》(载《外国文学评论》1990年第3期),蒋承勇的《福楼拜:从现实主义走向现代主义》[载《浙江大学学报》(人文社会科学版)1995年第4期],郭文娟的《福楼拜作品话语系统现代性初探》[载《山东师大学报》(社会科学版)2000年第5期]和《从心理描写看福楼拜作品的现代性》(载《山东教育学院学报》2000年第5期),王钦峰的《重审福楼拜的现实主义问题》(载《国外文学》2000年第1期)及《福楼拜:现实主义伪装下的唯美主义者》(载《中国政法大学学报》2012年第4期),杨亦军的《福楼拜的现实主义与新小说的后现代主义特点》(载《外国文学研究》2002年第4期),范水平的《论福楼拜与自然主义和现代性》[载《廊坊师范学院学报》(社会科学版)2011年第6期]和《李健吾文学批评的自然主义倾向》(载《求索》2011年第6期),等等。

以上文章的探讨主要说明,虽然传统意义上文学史家或者批评家一般认为福楼拜是现实主义作家或者批判现实主义作家,但是他作品中客观性的呈示和冷峻的叙述、对艺术作品形式——语言的推崇、注重对人物心理真实的挖掘与刻画、开始涉及潜意识领域等,已经显示了现代主义甚至后现代主义的种种迹象。他的作品因而成为现实主义和现代主义、后现代主义之间的一座桥梁。

有关福楼拜"客观性原则"的研究成果如王钦峰的《福楼拜"非个人化"原则的哲学基础》(载《外国文学研究》2005 年第 1 期)等。文章认为,福楼拜"非个人化"原则来源于作为他生存态度之核心价值观的斯宾诺莎主义。简言之,"非个人化"原则的哲学基础是福楼拜所信仰的泛神论。

其他方面的研究文章有:李健吾的《〈包法利夫人〉作者的疏忽》(载《社会科学战线》1983 年第 1 期),任文汇的《巴尔扎克和福楼拜小说艺术特征比较》(载《苏州教育学院学报》2001 年第 4 期),冯寿农的《法国文坛对福楼拜的〈包法利夫人〉的批评管窥》(载《法国研究》2006 年第 3 期),彭俞霞的《人云亦云之语言枷锁——评福楼拜的〈庸见词典〉》(载《外国文学》2011 年第 5 期)等。

以上文章中,李健吾指出了福楼拜虽然对字句千锤百炼,对叙述精打细磨,但是并不能防止他在《包法利夫人》中留下连自己也万万想不到的疏忽。任文汇的研究认为:对情节、人物、叙述立场的不同处理是由作家不同的艺术理想决定的。对巴尔扎克而言,艺术的目的是创造一个想象的世界,这个世界是以揭示作者所理解的现实社会的本质为目的的,所以他的作品塑造宏伟的人物,描绘戏剧性的冲突,把现实存在的一切可能性想到了尽头,并以极端的形式将之化为现实,艺术成为生活的提高,完全超出生活。作家因此必须在作品中显露自己,必须创造人。但福楼拜对于艺术的理想是,作家不该在作品中暴露自己,应该像上帝一样,让人们处处能感觉到却看不到他。冯寿农的文章整理了法国文坛对《包法利夫人》的批评要点,为中国学界和读者阅读、欣赏和研究此书提供了非常有益的参考。彭俞霞的研究认为:在《庸见词典》中,作者借用隐性的讽刺,通过貌似权威的词条形式,深刻地批判了群体话语的专断与教条主义,暴露了无知与权力附着在话语上的枷锁,鞭笞了大众的愚昧和盲从。

此外,国内近年出现了一些研究福楼拜问题的硕士和博士论文,如陈效云的《福楼拜与小说成规》(四川大学,1992),李梅的《福楼拜的客观性原则及其在〈包法利夫人〉中的运用》(北京大学,1996),郭文娟的《福楼拜作品现代性初探》(山东师范大学,2000),强月霞的《福楼拜的客观性原则及其在创作中的运用》(北京师范大学,2001),袁演的《传统中的嬗变——试论〈包法利夫人〉的叙事艺术》(南昌大学,2007),赵广全的《试论福楼拜小说的创新性——以〈包法利夫人〉为例》(上海师范大学,2008),黄海宁的《论〈布瓦尔与佩库歇〉与福楼拜创作风格的转型》(湘潭大学,2008)等。以上论文主要是根据福楼拜的创作实践分析其作品中已经明显存在的现代性小说的特色,甚至认为他的创作已经实现了从前期的现实主义到自然主义甚至后现代主义的转型。

以上关于福楼拜的文艺思想和创作手法两方面的研究成果为笔者提供了大量有益的线索和帮助,为笔者的研究奠定了基础。但其中很多观点,笔者都不能完全赞同,如把福楼拜在创作中故意留下的表面的疏忽和漏洞理解成作者的失误,认为福楼拜的创作一定能归入某类"主义"等;限于文章篇幅,很多分析论述没能展开;文章作者所引用的作为论据的材料大同小异,得出的观点也多有雷同之处。

国内同行均知,研究福楼拜离不开他的书信集,但是他的书信全集至今没有被全部翻译成中文,只是《福楼拜小说全集》(上、中、下三卷,李健吾、王文融、刘益庚等译,北京:人民文学出版社,2002)下卷附录刘方选译的《福楼拜文学书简》有部分书信的译文,丁世中译的《福楼拜文学书简》(北京:北京燕山出版社,2012)也只是按自己对书信内容的分类,每类翻译了很少一部分。英文译本也只是对小部分书信的节译、选译。仅有的两部福楼拜研究专著中,李健吾先生的《福楼拜评传》(上海:商务印书馆,1935)非常全面地涉及了福楼拜的五部长篇小说(其中包括四部已经完成的《包法利夫人》《萨朗波》《情感教育》《圣安东尼的诱惑》和一部因福楼拜的辞世没能最终完成的《布瓦尔与佩库歇》),以及他的短篇小说集《三故事》,其中穿插引用了福楼拜的书信,但关于文艺思想阐述的语句并不多,即便是专门谈论他的文学观的第八章"福楼拜的宗教",也只是信手拈来地借用了福楼拜书信中大量的原句或思想,大多没有注明出处,没有系统地阐述福楼拜体现在书信中的文艺思想。王钦峰的著作《福楼拜与现代思想》探讨的是福楼拜与西方现代主流思想,主要是19世纪的科学主义和历史主义两大思潮的关系,并未系统地专门梳理他在书信中所阐发的文艺思想。所以在中国,人们研究福楼拜文艺思想大多是从他的小说出发,即使用到了书信,也多是参考已有的部分书信的中英文翻译。

福楼拜是一位经典作家,对文学创作由现实主义向现代主义过渡所起的作用越来越为读者和批评界所关注,所以吸引着越来越多的国内外研究者对其作品进行批评与解读,研究成果颇为丰厚。以上对国内外的有关福楼拜文艺思想的批评与研究成果的综述难免挂一漏万,笔者只能在能接触到的范围内简要论述,不周不全之处敬请谅解。

第三节　研究的动机、目的、篇章结构及说明

在中国,因为受语言的限制,大多数研究者阅读福楼拜的书信,只能参阅汉语译文或英语译文,由于这些译文只是摘译、选译,所以资料极其有限,即使是法语专业的研究者,似乎也没有在通读福楼拜原文书信的基础上进行研究的先例。目前大多数的研究成果都集中在研究福楼拜文艺思想中的客观性、现代性、叙事技巧等方面,引用资料较为接近,所得结论也多有相似之处。对其他方面进行研究的人相对较少,而对福楼拜文艺思想进行系统研究的更是少数。

笔者试图在通读福楼拜法语书信原文的基础上,借鉴相关资料,结合文学作品,对散见于书信中的有关福楼拜文艺思想的言论进行系统性提炼和整理,并分析他对自己所提出的一些原则的实践。

本著的主要内容是:第一章为"福楼拜文艺思想产生的背景"。

作家成长的社会环境及家庭背景组成的合力效应势必会对作家人格、性格的形成产生重大影响,并因此间接影响他所从事的工作或事业。福楼拜生活的时代正是法国工业革命完成的时期。经济得到发展,文化界也相应繁荣。他认识到了科学的巨大力量,认为应该把它与文学结合起来,所以,艺术应具备科学性是他反复强调的一个观点。对于科学、科学性,福楼拜强调的只是它们的客观、精确,以及由此带来的普遍性,并不是由科学发展而来的现代文明。诗性与科学的品性是福楼拜所强调的艺术中不可偏废的两个方面,虽然他并不是在所有时候都会同时提及二者。在他看来,失却科学性支撑的艺术追求和缺乏诗性根基的科学性语言都与艺术的堕落有关。

神经系统疾病一方面给福楼拜的学习和生活带来了极大的不便,使他对生命充满了虚无感,由此悲观厌世。另一方面,这使他在发现了文学这位拯救者时,决定终身把她当宗教一样狂热信奉,创作最终成为他存在的方式和理由。再者,疾病使他怀疑医学,甚至怀疑整个科学,但他却从未怀疑过父亲的医术,他从父亲那里悟出对自己的事业必须全身心热爱,并长期坚持顽强地训练业务能力。最后,疾病使福楼拜蛰居在家,由此有了大量自由支配的创作时间,可以慢慢打磨他那些至纯至美的句子。

第二章为"美的文笔可以驾驭任何主题"。在福楼拜看来,主题没有美丑、高下之分,万事万物都可以走入文学的殿堂,成为描写对象。即便如此,主题处理起来还是有难易之别的。任何主题都可以涉足,只是从广义上来讲。针对作家个人而言,还是要选择与自己气质协调一致的主题,写起来才会得心应手。写作中要一切以主题为中心、为转向,想达到这一点,就必须先构思,否则一鼓作气的成品总会缺乏整体上浑然天成的协调。福楼拜驾驭平庸主题的武器便是美的文笔。为此,他避免用词与场景的重复,强调用词精确,寻找每一个"唯一"的表达,讲究词句的韵律节奏,并模仿"圣经体"。他把艺术的形式美放在第一位,但并不是单一地重视形式而忽略内容。他认为二者是不可分的。即便如此,他还是有所侧重的。为了形式,他不惜让内容做出让步。但是随着创作的进行,他也不断反思,认为如果一味地强调形式会有不知自己要写什么的危险。

第三章为"艺术创作能够达到客观普遍"。福楼拜认为,艺术的唯一追求就是美,这种美的首要目的就是给人幻象。为了达到这一目的,艺术必须是客观的。客观不仅要求作家"缺席",即不指手画脚、不大肆宣传道德舆论,也要求作家不动情,做到无动于衷、沉着冷静,还要求作家只需客观呈现而不做结论。为了达到这诸多的要求,福楼拜把自己以及自己的感情隐于无形,把自己成功地化入人物,做到无迹可求。通过减少对话,抽掉对话的本质性内容,成功达到不下结论的目的。自由间接引语大量而成功的运用模糊了叙述者与人物的视线,使二者浑然一体,难解难分,作者得以很好地隐藏了自己,达到客观的效果。多视角、多声部的描写手法除了帮助作者隐藏自己的存在以及他那活动的组织者身份外,还能使我们直接走进每个人物的内心,去真切体会他们的情感,做到兼听而不偏信,作者从而达到了不做结论、客观呈现的效果。相比之下,描写更多的时候是展示客观的环境,而叙述更能体现作者的态度。所以,福楼拜借助增加描写以及独特的描写手法来达到客观的效果。福楼拜对当时所有的流派都提出异议,声明自己不属于任何流派,也是自己所标榜的"客观"的一种体现,这样他达到了"撇清"自己,把自身置于客观状态的目的。但客观公正只能是形式上力求达到的效果,内容上却更凸显福楼拜主观为之的努力。甚至,这种客观的效果也是不能完全随人所愿的,仔细品味小说中的字句,还是能在诸多细微之处体会到作者对人物、事物的褒贬好恶。虽然如此,福楼拜朝着客观公正这一伟大目标所做的努力,仍然取得了令人瞩目的成就。

第四章为"艺术真实力图予人幻象"。福楼拜认为:艺术的最高目的是给人幻象,引人思索。在达到较高层次的艺术真实之前,福楼拜首先要获得一般真实。万事万物都有自己区别于他者的特点,福楼拜认为作家的任务就是找到这些特点。而要完成这一任务,就要使用近观的方法,像近视眼一样贴上去,要看到事物真实的毛孔。除此之外,实地考察也是必不可少的。福楼拜还严格且热情地实施自己在模拟情境中体认历史的主张。对于福楼拜来说,写一本书便是生活于其中的情境。但是福楼拜认为,真实只能是相对的,整个世界本身是变化不居的。所谓的物质真实、历史真实、一般真实,在福楼拜这里只是一种向更高层次提升的基础,是要为美服务的,他所追求的是一种真实的真实,或者说叫本质真实、艺术真实。艺术真实绝不仅仅是对生活的简单模仿。这种真实是他眼里的一种真实,是他按自己的观察方式,从自己的角度掺杂了想象所得到的一种真实,是幻想与现实的结合,能够予人幻象,引人思考,艺术地反映生活。为了把物质真实提升至艺术真实,必须给现实变形。福楼拜使用直陈式未完成过去时以完成从动作到画面的转换,用直陈式现在时伪造真实,故意留下表面的漏洞或错误,从而营造真假莫辨的气氛。对待历史,在保证背景真实的底线不受触犯的同时,虚构人物故事。作者的用意就是要营造一种真中掺假、假里藏真的幻象。

第五章为"成为艺术的基督徒"。福楼拜从审美超越维度给予艺术以最高的价值。他反对艺术别有所为,坚持为艺术本身而写作的创作理念。他不慕名利,为了写作本身而写作,爱艺术本身而不是它的附加价值。对于福楼拜而言,文学这种表面看来没有实用价值的东西却有着巨大的精神价值,它是艺术,是人类的灵魂。文学创作是他得以存在的方式和理由。写作能让福楼拜有一种真实感,从而获得幸福感。正因为他为自己而写作,为美而写作,为写作而写作,所以他从不讨好读者大众,自来不屑于理睬那些不怀好意或浅薄低俗的批评。进入文坛这一是非之地,如果不坚持己见,很容易沦为连自己都瞧不起的滑稽丑角。满足庸众愚妄的好奇,无异于降低自己的品格。外界的批评因为种种原因,嫉妒或水平有限,不去提高公众的审美,反而降低艺术的标准而谄媚于它。所以福楼拜终身为捍卫艺术的一方净土而坚持着、斗争着,既不讨公众欢心也不向批评妥协。同时,他把艺术当作自己独特的宗教来供奉,以宗教精神作为自己的指引,努力维护艺术的超脱与圣洁。

关于诗歌、小说与艺术,最后做一点说明。

诗歌是世界几大文学发源地统一的文学发轫形式,所以向来居于不容置疑的高贵地位。诗人一直以立法者的身份自居,也都或多或少地对后起的散文存在一种轻视甚至是鄙视的态度。法语的 prose 在法汉字典中一般都被译成"散文",但是它不同于中文的"散文"概念,它要宽泛得多,包括中文所说的散文、小说、随笔等体裁,是与诗歌相对的一个综合概念。在福楼拜生活的时代,诗歌的尊贵出身仍一如既往,散文的二流地位也尚未改变。福楼拜认为,小说可以达到诗歌的标准,且可以无愧于艺术的称号,他是以艺术家的高标准来严格要求自己的。所以,他在阐述自己的文艺思想时,常常是自觉不自觉地把谈论对象转为了诗歌、艺术。

第一章
福楼拜文艺思想产生的背景

　　科学技术的发展带动了经济的迅猛发展和文坛的兴旺繁荣，福楼拜认识到了科学的巨大能量，认为应该把科学与文学结合起来。所以，他反复强调艺术应具备科学性。

　　科技发展影响了哲学的发展，实证主义风行一时。福楼拜出身于医生世家，从小耳濡目染父亲在医学上奉行的实证、冷静与客观精神。实证主义的盛行与医学的熏陶对福楼拜强调艺术的客观性起了很大的促进作用。

　　福楼拜神经系统的疾病使他有了中断法律学习、从事文学创作的机缘，同时给了他一个兼具奇幻与理智的大脑。父母亲不同的家世带给他执拗与浪漫的双重性格，使他的创作成为浪漫与客观的巧妙结合。同时因为双方的互相牵制，又不会使其中一方走入极端。

　　父亲理财有方，母亲治家有道，使福楼拜免除了生活琐事这一后顾之忧，可以心无旁骛地静心艺事。

　　屡经丧乱、动荡异常的一生，促使福楼拜决心把文学创作当作自己永远的避风港与疗伤室。任何一个作家都会带上自己时代的印记，且自觉不自觉地承袭前人已有的经验与成果，福楼拜也不例外。

第一节　时代和社会影响

福楼拜生活的时代正是法国工业革命完成的时期,当时整个欧洲包括法国,各种科学发现和技术革命层出不穷。科技发展带动了经济发展,文化界也相应繁荣。

19 世纪的欧洲,整个自然科学领域普遍繁荣并不断革新。物理学方面,在具有划时代意义的 1842 年,迈尔在海尔布朗,焦耳在曼彻斯特,都证明了从热到机械力、从机械力到热的转化的存在。声、光、电、热各方面的发现和发明,也在这一世纪纷至沓来。化学方面,虽然 17 世纪和 18 世纪初,大规模的化学工业萌芽促进了这门科学的快速发展,但到了 19 世纪才实现了自己的理论变革。1869 年门捷列夫发现了元素周期表,1870 年汤姆生发表了原子论方面的论文,化学从此进入了一个广阔的新天地。生物学方面,林纳、拉马克、居维叶等一直停留在对有机界做形而上学的描绘,直到 1859 年达尔文《物种起源》的问世,才开创了生物界的新纪元。自从康德提出"星云说"的假设,天文学也在不断开拓。法国数学家拉普拉斯 1796 年在不知道康德这一"星云说"的情况下,完全独立地提出了自己的星云假说,并且从数学上做了严格的论证,代表着这一领域取得了最辉煌的成果。19 世纪 70 年代,实验医学特别盛行,心理学、遗传学的新见解日新月异。马克思和恩格斯对自然科学与社会科学做出了概括性总结,创立了唯物辩证体系,终于给人类认识史带来了前所未有的飞跃和突破。唯物主义思潮以及科学家、科学实验方法,伴随着工业资本社会的确立和发展,为人们能够切实地对社会进行较为科学的考察与剖析提供了前所未有的优越条件。

当科学技术作为精神形态的一般生产力在人们精神领域里活动的时候，它对科学家、哲学家、文学艺术家思想观念的形成，发挥着一种直接的、要求按照事物本来面目及其固有规律去认识、去行动的积极促进作用和规范作用。当它作为物质形态的东西参与实际生产的时候，又会迅速转化成直接生产力，促进经济的迅猛发展。

在哲学上，自然科学的方法和结论被应用到社会的各个领域，集中表现为实证主义思潮的形成和盛行。文学家目睹了科学技术给社会生活方方面面带来的翻天覆地的变化，同时受到大环境中科学精神及科学思维的训练，主动向实证主义靠拢。

1789年大革命的狂风暴雨之后，19世纪的法国经历了拿破仑帝国的盛衰，波旁王朝的复辟，1830年的七月革命，1848年的二月革命，普法战争，巴黎公社和德雷福斯事件，风云迭起，国无宁日。福楼拜主要作品的创作时间是在1851年之后，恰逢法兰西第二帝国时期（1852—1870）。虽然从政治的角度看，以帝国取代共和国无疑是一种历史的倒退，但专横跋扈又奉行自由主义或议会制的法兰西第二帝国十分重视经济与物质生活，法国出现了前所未有的经济起飞局面：银行林立、大商店兴起、商业扩展、城市化改造工程启动、交通道路拓宽及博览会举行等，这一切的结果是吸纳了失业人口，并提高了全体法国人的生活水平。

当时法国活跃的哲学流派主要有实证主义、相对主义、折中主义、唯灵论与现象论。不过影响最大的无疑是孔德提出的实证主义。在实证主义哲学盛行的大背景下,法国的小说家也都自觉地向实证主义贴近,"可以肯定地说:从一八五○年至一八九○年的四十年间,普遍的情况是,小说仿佛都是作家对自然界和人类作了大规模调查之后才构思出来的"①。小说大多成为一种研究性著作。

福楼拜认识到了科学的巨大力量,认为应该把它与文学结合起来。所以,艺术应具备科学性是他反复强调的一点。

福楼拜认为,文学将越来越采取科学的态度。1852 年 4 月 24 日,他在致路易斯·高莱的信里说:"人类越前进,艺术就越将是科学的,同样科学也变得艺术化。二者在底部分离后又在顶端结合。"②福楼拜的创作显然受到了这种观念的影响,所以他要求作家要客观、精确,自己的文学作品也力求实现这一点。为了创作一部小说,他常常翻阅大量资料,或者进行实地考察。他的作品在内容上反映了科学对时代的影响,例如《包法利夫人》中的药剂师奥梅和《情感教育》中的塞内卡尔,以及《布瓦尔与佩库歇》中的两名主人公,都是满嘴科学名词。不仅如此,福楼拜还要求文学作品要有科学的精神,艺术要科学化,也就是要科学普遍。他的著作不是一

---

① ［法］米歇尔·莱蒙:《法国现代小说史》,徐知免、杨剑译,上海:上海译文出版社,1995 年,第 108 页。

② 1852 年 4 月 24 日致高莱函,见 Gustave Flaubert, *Correpondance II*, E-ditions Gallimard, Paris, 1980, p. 76。法语原文为:Plus il ira, plus l'art sera scientifique, de même que la science deviendra artistique. Tous deux se rejoindront au sommet après s'être séparés à la base。

时一地的作品,福楼拜有着只要语言存在,自己的小说就可以流传的雄心壮志。

依据布迪厄的文学场理论,文学自主化就是文学不断地挣脱枷锁,不断地摆脱政治、经济两种束缚的艰难过程。经济决定政治,所以文学自主化首先源于经济的变化,"1820年已经成年的一代(创造者),同样也就是第一批能够靠出售作品为生的一代,因为他们的公众已大大地扩大"①。到了福楼拜生活的时代,商业市场的运作已经相当成熟,作家不必依靠显贵也能取得相当的符号资本,不依靠畅销书也能维持自己的生计,不至于饿死,他们具备了向政治、向经济说"不"的社会条件。福楼拜时代的文学场,占主导地位的生存方式和趣味系统是落拓不羁的生活作风。在创作价值的取向上,福楼拜之前的作家主流的趣味倾向是文学的道德教化作用。而福楼拜时期的文学场,"为艺术而艺术"成为占主导地位的趣味系统。

科学技术的进步带动了经济的快速发展,虽然带给作家更多的写作自主权,却没能带给人们更多的幸福感。中产阶级的自私虚伪、愚蠢庸俗令福楼拜厌恶至极,他不相信历史的进步,尤其不相信道德的进步。没有道德上的提高,科学进步又有什么意义呢?1846年,在致路易斯·高莱的信中,他自称是"宿命论者","为人类进步贡献一切或什么都不做没有什么区别","至于提到进步本

---

① ［法］安东尼·德·巴克、弗朗索瓦丝·梅洛尼奥:《法国文化史III——启蒙与自由:十八世纪和十九世纪》,朱静、许光华译,上海:华东师范大学出版社,2006年,第229页。

身,这种模糊的观念对我来说晦涩难懂"。①福楼拜说,自己才 19 岁的时候,"就对生命有一种彻底的预感。那像是从通风窗口钻出来的一阵使人恶心的烹饪的气味:不用尝味就能知道,这菜肴会使你作呕"②。也正是出于对当时社会的不满,他才长时间、远距离地旅行,希望能借助游踪变迁疗治自己的抑郁失意,也由此有了写作远古、描摹东方的素材。

第二节　个人经历和家庭环境

1844 年 1 月,父亲福楼拜大夫决定在特鲁维尔(Trouville)那块地产上盖一座别墅。长子即居斯塔夫·福楼拜的哥哥奉父命去实地考察建房情形。福楼拜与哥哥同往。途中,福楼拜正驾着缰绳赶车,突然眼冒金星,头晕目眩,失去知觉。哥哥就近敲开一户人家的门,在那里给弟弟放血急救,然后返回家中。

1844 年 2 月 1 日,福楼拜写信给欧内斯特·舍瓦利耶(Ernest Chevalier):

> 我脑中有一处充血,即小中风,伴随的还有神经疼,

---

① 1846 年 8 月 6 日至 7 日致高莱函,见 Gustave Flaubert, *Correpondance I*, Editions Gallimard, Paris, 1973, p. 278。

② 1846 年 4 月 7 日致杜刚函,见 Gustave Flaubert, *Correpondance I*, Editions Gallimard, Paris, 1973, p. 261。

这一秘密我自己留着未告诉家人，因为觉得是良性的。
……我精神还好，因为没把病太放在心上，不觉得这是对
自己的扰乱。情况挺糟，如今我只要稍受刺激，所有神经
就会像小提琴上的弦一样颤动起来，我的膝盖、肩膀和腹
部像树叶一样颤抖。总之，这就是人生。①

　　对如山崖倒塌般突如其来的疾病，福楼拜并没有大惊小怪，乐
观地认为这是良性的，他之所以精神还好，就在于没把病放在心
上，不觉得它对自己是一种打扰。因为他觉得这可能是人生不可
避免的考验形式之一，或许日后看来还会成为一种可贵的经历。

　　在1857年3月30日给尚特比小姐（Mademoiselle Leroyer de
Chantepie，这位女性因为崇拜《包法利夫人》的作者而和福楼拜成
为通信好友）的书信中，福楼拜讲到自己从疾病中得益：21岁的时
候，"我得了一种神经系统疾病（une maladie nerveuse），几乎死掉。
……法国修女戴莱丝（Thérèse）②、作家霍夫曼（Hoffmann）与爱
伦·坡（Al-lan Poe）特有的一切现象，我都感觉到、看到了，我十分
了解幻觉者。然而我铜人一样地好了起来，同时生命里一大堆以
前从未触及的事物，这次也都经历了"③。

　　在整个发病过程中，福楼拜一直有意识，只是各种器官不听使

---

　　①　1844年2月1日致欧内斯特·舍瓦利耶函，见 Gustave Flaubert, *Correpondance I*, Editions Gallimard, Paris, 1973, p.203。

　　②　16世纪西班牙的一个女宗教家，据云曾经亲睹圣灵。

　　③　1857年3月30日致尚特比小姐函，见 Gustave Flaubert, *Correpondance II*, Editions Gallimard, Paris, 1980, p.697。

唤,不仅发不了声,还无法终止发作过程。但是因为有意识,所以发病时的种种幻觉就像一个醒来时仍然能忆起的梦,历历在目,清晰无比。福楼拜感谢疾病让他拥有了前所未有的别样感觉和体会,增加了人生体味与生命厚度。

令身为著名医生的父亲、兄长极为头痛且至今尚无定论的神经系统疾病(他自称 maladie de nerfs,有人译为"神经官能症",有人译为"脑系病"。——笔者注)给福楼拜带来了利弊双重影响。

一方面,神经系统疾病给他的学习和生活带来了极大的不便,使他对生命充满了虚无感,由此悲观厌世。另一方面,这使他在发现了文学这位拯救者时,决定把她当宗教一样狂热信奉,终生维护,永远追随。正是人体在疾病面前所显示出来的无力与脆弱,让福楼拜更加相信,唯有艺术才可以让人永生。"要是人体能像青铜一样坚硬就好了。艺术使人不朽,所以要通过艺术变为青铜。"[1]他说过一句话:"承受人生的唯一方式,是在如永恒狂欢般的文学中自行排解。艺术之酒因其永不枯竭,会让人长期沉醉其中。"[2]

疾病使福楼拜蛰居在家,由此有了大量自由支配的创作时间,可以慢慢打磨他那些至纯至美的句子。

久病成医的过程中,福楼拜总结出针对神经系统疾病的控制方法:一是科学地研究幻觉(les hallucinations),想办法了解它;二

---

[1]　1853 年 5 月 21 日致高莱函,见 Gustave Flaubert, *Correpondance II*, Editions Gallimard, Paris, 1980, p. 330。

[2]　1858 年 9 月 4 日致尚特比小姐函,见 Gustave Flaubert, *Correpondance II*, Editions Gallimard, Paris, 1980, p. 832。

是依靠意志力掌控它。① 这种方法给了福楼拜写作的启示。在日后的写作过程中,科学地观察研究来自他久战病魔过程中养成的用心思考、研究对手的良好习惯,不厌其烦地反复推敲也部分源于他在此过程中培养的意志力。二者助成了福楼拜完美的文笔。

　　福楼拜一生屡经丧乱,历尽忧苦。儿时的玩伴和好友陆续结婚、去外地供职;1846 年,父亲(1 月)和妹妹卡罗琳(3 月)相继亡故,妹夫因遭受丧妻的打击而精神失常;从 1869 年开始,朋友和亲人以更快的速度离他而去,先是布耶(1869 年 7 月)、圣伯夫(1869年 10 月)和于勒·杜卜朗,后是于勒·德·龚古尔(1870 年 6 月)、母亲(1872 年 4 月)、戈蒂耶(1872 年 10 月)、高莱(1876 年 3 月)及乔治·桑(1876 年 6 月);1870 年普法战争中,鲁昂被德军占领,戏剧上演屡遭惨败,小说出版频频遭批受辱,外甥女婿高曼维尔经营的锯木厂破产,牵连到福楼拜的住地克鲁瓦塞几乎不保。手头拮据之下,一生傲骨、一世清高的福楼拜在自己看来终于算是晚节不保了。因为他拿了图书馆编外人员应得的一份俸禄,为此一直觉得亏欠了国家,打算一有机会立即归还。每当忧伤袭来,对付愁绪和痛苦的灵丹妙药,只有沉浸于写作。儿时的文字游戏于他逐渐演变为生命之所需,生活反倒成了文学的缘起。他经年累月以对着白纸思考,最终将之涂黑填满来发掘生存的理由。

---

① 1857 年 5 月 18 日致尚特比小姐函,见 Gustave Flaubert, *Correpondance II*, Editions Gallimard, Paris, 1980, p.716。法语原文为:1, en les étudiant scientifiquement, c'est-à-dire en tâchant de m'en rendre compte, et, 2, par *la force de la volonté*。

　　福楼拜的父亲是香槟人,母亲是诺曼底人。父母血统的遗传给了他双重的性格。他身上有这两个民族的个别印记,从父亲的血统继承了激越执拗,从母亲的身上继承了浪漫气质。

　　福楼拜的母亲,正直善良,大方有礼,同时非常淡于交际。即使是长子家里,没有正式邀请,她也不肯贸然前去。在1846年9月30日致高莱女士的一封信中,福楼拜描述了母亲的一段故事。大约十年前的一个假期,他们全家在勒阿弗尔(Le Havre,法国滨海塞纳省县城)。父亲老福楼拜听说自己十七岁时认识的一位女子和她儿子(当时在那个城市演戏)住在一起,想去探望。那位女子在当地美冠一方,曾是老福楼拜的情妇。父亲和多数中产阶级不同,他不掩藏,他的人格高尚得多。于是他拜访她去了。福楼拜的母亲和三个孩子,站在外面街心等他,父亲进去了足有一个钟头。别人会以为福楼拜夫人嫉妒,或者至少会感到些微的不快,但是福楼拜断言:那是没有的事;母亲爱父亲,一个女人能够怎么样爱一个男子,母亲就怎么样爱着父亲,而且不限于他们年轻的时候,而是直到最后一天,经过三十五年的结合,她还照样爱着他。① 从未宣扬自己恪守妇箴,也不认为自己中规中矩,但是本质上却是道德的化身,福楼拜夫人是一位伟大却浑然不知、自然而然毫不矫揉造作的女性。

　　1857年3月30日,福楼拜在给尚特比小姐的信中谈到自己的儿时,说:

---

　　① 　1846年9月30日致高莱函,见 Gustave Flaubert, *Correpondance I*, Editions Gallimard, Paris, 1973, pp. 369 – 370。

我生在一家医院(鲁昂医院——我父亲是这里的主
治外科医生,他在医学界曾经留下赫赫声名),而成长于
人类所有的痛苦之中——也就是一墙之隔罢了。还是小
孩子,我就在解剖室里玩耍。这也许就是为什么,我同时
有着阴郁悲哀和玩世不恭的举止态度。我既不恋生也不
怕死。绝对的虚无的假说也丝毫引不起我的畏惧。我随
时准备平静地投入漆黑的巨壑。①

在医院这种忧郁而严肃的环境中长大,见多了病人的脆弱与
愁苦,即便是天真幼稚的小孩子,也容易为沉思默想和无名的悲哀
所浸染,这使福楼拜在悲观的基调下深刻思考了人生与社会。他
的忧郁或者说悲观,是遗传和环境共同作用的结果,只是环境的影
响格外明显。

但福楼拜没有因此而流于感伤,他用自己的科学精神,达至悲
观主义的极境——哲学的无畏。李健吾先生说,他有医生的人格。
好比一个医生,福楼拜藏起自己的情感生活,纯粹运用理智,追求
一种不偏不倚的正确现象,做他下药的根据。他憎恶被庸众充斥
的社会,宣称"解剖是一种报复"②。

---

① 1857 年 3 月 30 日致尚特比小姐函,见 Gustave Flaubert, *Correpondance II*, Editions Gallimard, Paris, 1980, pp. 697 – 698。

② 1867 年 12 月 18 日致乔治·桑函,见 Gustave Flaubert, *Correpondance III*, Editions Gallimard, Paris, 1991, p. 711。法语原文为:Disséquer est une vengeance。

在福楼拜看来,父亲精湛的医术,既有天赋的成分,也是后天对工作的狂热和投入的结果。在 1853 年 3 月 31 日致高莱的信中福楼拜总结道:

> 在艺术上也同样如此,艺术感就是对艺术的狂热……分寸感、特征、品位、薄发,总的说,灵感,是天赋和后天教育的结合所产生的。有多少次我听见有人称赞我的父亲,说他还不知道是怎么回事,也不说什么理由就能猜出病人的病! 因此,是他本能地得出结论、开出处方的那种感觉,一定能促使我们与词语不期而遇。只有天生热爱他的事业,并长期顽强地训练业务能力的人才能达到这种程度。①

福楼拜认定自己没有写作的天赋,唯有学习父亲对自己所热爱的事物"长期顽强地训练"来达到预期的目标。他的父亲经常标榜自己的反宗教倾向,甚至拒绝参加福楼拜在圣马特兰娜教堂举行的洗礼。老福楼拜医生从不隐讳自己的自由主义观点,却在 1824 年当选王家医学院院士。可见,他医术之精、医德之高足以使病人感戴、同行敬佩、当局尊重。其职业之外的信仰、言论等方面,大家不仅任其发展,甚至乐于学习和模仿。《包法利夫人》的案子最终没有逮捕、制裁福楼拜,反而给他做了免费又高效的广告宣

---

① 1853 年 3 月 31 日致高莱函,见 Gustave Flaubert, *Correpondance II*, Editions Gallimard, Paris, 1980, p. 292。

传,很大程度上得益于老福楼拜的人脉。人们尊敬爱戴这位医生,也极力帮助这位可敬大夫的后代。

从他父亲身上,福楼拜接受了实验主义的倾向、科学谨慎的态度以及认识一切的爱好,不惜花大量的时间对最微小的细节进行缜密的观察,这使其于艺术家之外,更成为一位学者。母亲的家世投合了他浪漫的脾性,母亲给了他易于感受的心性和近乎女性的温情。父亲对他潜移默化形成的医生加解剖家的气质适度遏制了他想象的疯狂,使他在充分发动大脑的想象功能、把自己化入艺术境界的同时,使作品呈现出冷静客观的表象。

家庭经济方面,父亲理财有方,活着时置下了产业,为子女立下了永久的根基,家里的收入度日有余,不需要福楼拜去卖文为生,为他"悠闲"的写作提供了物质保障。福楼拜可怜那些把作品拉长、不惜去奉承批评家的落魄文人,自己却可以安心地花费大把的时间打磨锤炼字句,可以大刀阔斧地精简句子,毫不可惜地删去冗余。他安于默默无闻,不用讨好读者,无须谄媚批评家,更不向出版商让步,最多把作品压在箱底留给日后能理解自己的读者。生活方面,母亲以福楼拜为中心设计的一家人饮食起居的作息制度,以及打理全家一切家务与外事的牺牲精神,成全了福楼拜的艺术创作。

虽说"古来才命两相妨""文章憎命达,魑魅喜人过",个人的不幸和遭遇可以增加作家生命的厚度和密度,使他更深刻、更丰富地体会生活,感悟生命,好比曹雪芹如果没有经历家族的兴衰变革,不大可能写出那么精彩的《红楼梦》前八十回。但是将被上天降予大任的人们,被"苦其心志,劳其筋骨,饿其体肤,空乏其身,行拂乱其所为"是必须有一定限度的,这种磨炼如果过度,超过了人的忍耐极限,那就不是玉汝其成的艰难困苦了,不但不能让人"动心忍性,曾益其所不能",反而会成为天才的索命鬼。

曹雪芹到了举家食粥的境地,贫病交加导致了他英年早逝。《红楼梦》虽不能称为残缺,但却明显由水平相差很远的两部分组成,这给读者带来了无尽的遗憾。成为法国 19 世纪最伟大的文学流派的浪漫主义,虽然有着众多伟大的成功作家闪烁在它的天空,但是也有很多在这场没有硝烟的战争中阵亡或失踪的伟大头脑。虽然这些天才的失败不能全部归之于贫困,但是死于穷苦或者被其耗尽才华的却俯拾即是:印贝尔·加洛瓦,二十二岁死于绝望和贫困;路易·贝尔特兰在最初的努力中付出了过多的热情,没有养精蓄锐,为了赡养母亲、抚育妹妹而劳碌过度,1841 年在巴黎一家医院里贫困而死;佩特路·博雷尔的诗歌吐露出充塞于诗人胸臆的由贫困引起的绝望、孤独感,对自由的热爱,以及对正义的令人憔悴的饥渴,他死于非洲,有人说是死于中暑,也有人说是饿死的……

在每一个时代,受尽折磨而又功成名就的佼佼俊杰,都是少之又少的极端幸运者。他们身后有不计其数的不幸者早已湮灭在历史的长河中。过早从文学园地消失的不幸者所致的空缺,往往或迟或早会被其他人填补。但是严格说来,没有一个人能够真正填补另一个人的位置。

所以,福楼拜是一个幸运者。虽然他也受尽了身体疾病与内心忧患的折磨,但是良好的家境给他提供了丰厚的生活保障,使他可以用无所谓的态度去看待作品出炉后的境遇,也使他有悠游的心情和余裕的时间去锤炼他那些"唯一"的句子,去无限接近自己那每个思想都有一个单一的表达形式的理想。

第三节　艺术前辈及同时代作家的影响

传统是前人宝贵经验的积累,弥足珍贵,不可或缺。福楼拜在中学时,得遇待人热忱的年轻教师比埃尔－阿道夫·谢鲁埃尔。在老师的建议下,福楼拜大量阅读米什莱、弗鲁瓦萨、高弥纳、勃萨多姆、雨果、大仲马等作家的作品。

福楼拜早期的练笔作品,都是短篇小说或戏剧。他深受当时正如火如荼、尊享众人景仰与模仿的浪漫主义流派思想的影响,主要写资产阶级青年的苦闷彷徨,或者描述历史、宗教传说,讲述美德与恶行的冲突。就连 1843—1845 年撰写的《情感教育》的初稿和 1848—1849 年创作的《圣安东尼的诱惑》的初稿都仍然受浪漫主义文学的影响。虽然这些作品还远没有形成自己独特的风格,但是戏剧和历史小说的写作,对福楼拜的描写艺术产生了深刻的影响,使他学会用故事场景来代替作者的分析和叙述。

自此以后,福楼拜的阅读范围慢慢扩大,得以与博马舍、伏尔泰、莎士比亚、拉伯雷、司各特、歌德、荷马、塞万提斯等神交,对古希腊艺术更是不胜憧憬与向往。他从前辈作家那里接受文学艺术的滋养,吸收符合自己气质的方面。福楼拜认为,希腊的艺术即遵循了"无动于衷"的原则,只不过为了更快地抵达效果,它选择了特殊社会条件下的人物:国王、上帝、英雄人物。他尤其赞赏歌德、荷马、塞万提斯及莎士比亚这些大家不下结论、克制感情、引人思索的崇高境界。

任何一个作家都不是来自真空,即使那些标榜自己不属于任何流派、宣称自己自成一体的艺术家,也不可能完全不受时代潮流的影响,都会带上自己时代的印记,自觉不自觉地承袭前人已有的经验与成果。福楼拜同样吸收了前辈及同时代作家的精华。

浪漫主义的艺术特征是主观上崇尚自由和幻想,注重抒发个人情感,客观上极力描绘自然风光,做到情景交融。现实主义作家共同的艺术特点是注重典型人物的塑造和细节的真实。福楼拜《圣安东尼的诱惑》中奇诡的想象不能不说是继承了浪漫主义奇思妙想的传统,《萨朗波》对异国情调的偏爱也具有明显的浪漫主义色彩。福楼拜也像现实主义小说家一样,注重典型人物的塑造,所以《包法利夫人》中的爱玛才会"同时在二十二个村庄中忍受苦难、伤心饮泣",只是他的典型人物不是特殊的,而是要有一般性的特征。并且像现实主义小说家一样,他也注重细节的真实,所以他强调观察和大量收集资料以及实地考察,但是他的真实要让位于形式,他认为美的就是真的。

同时代的作家中,诗人维尼(1797—1863)的诗作形式完美,结构严谨,而且运用象征手法将个人的痛苦予以升华,这种客观化的写作为后来的巴纳斯派和象征主义开辟了道路,对福楼拜也是不无启发的。1835 年,戈蒂耶(1811—1872)发表了书信体小说《莫班小姐》。在序言里,他提出了"为艺术而艺术"的主张,认为小说可以无视社会和道德。因为艺术的目的不是教诲,而是追求单纯的美。戈蒂耶反对艺术作品反映重大的社会、政治问题,反对艺术具有任何功利目的,认为形式美就是目的,艺术成为他避开扰攘政治和庸俗现实的殿堂。之后在戈蒂耶和邦维尔的影响下,终于形成了以勒孔特·德·李勒(1818—1894)为首的要求诗歌客观化、科学化和重视形式的巴纳斯派。福楼拜和戈蒂耶、李勒以及曾是巴纳斯派成员、后成为象征主义者的波德莱尔都有过交往,尤其和戈蒂耶过从甚密。象征主义者认为,客观世界的深处隐藏着一个更为真实和永恒的世界,诗人的任务就是表现隐藏在事物背后的真理。他们注重诗歌内在的旋律,力求使诗歌具有和谐的音乐美。在和这些诗人的交往中,福楼拜多多少少受到了他们美学原则的影响,或者至少也是因为英雄所见略同而惺惺相惜。

时代的发展带来科学、经济和政治的急速发展变化,然而,世事人心却无甚进步,福楼拜在深感失望之际,神经系统疾病也暴发了,他的人生虚无感陡增,恰在此时,退学养病的机会使他有了献身艺术的机缘。疾病给了他充足的时间、奇幻的想象和理智的头脑,也使他在怀疑医学、怀疑科学的同时却始终相信父亲的学医天赋,从而在思考父亲医术的同时得出了对于写作有益的指导。父母的血统带给他性格与写作中激越与温情的交互融合;生活于实证主义哲学盛行的年代,加上医院的成长环境和父亲的特殊职业这一切促成了他思考方式的科学化与客观化;父亲善于理财,母亲勤于持家,使他可以专心致志地投身艺术,无须为柴米油盐分心劳神;自觉对前辈艺术家及同时代作家的传承与学习,为福楼拜将他人的精髓消化吸收后形成自己独特的文艺思想打下了坚实的基础。这些主客观条件为福楼拜从事艺术做好了多方面的准备。

第二章

美的文笔可以驾驭任何主题

福楼拜通过细节进入平凡的日常生活,同时有着美的诉求。他认为,主题没有美丑之分,越是在他人看来有缺陷的主题,越会凸显他高超的艺术手法。但又因主题与作者的气质一致才能保证创作的顺畅,所以主题是有难易之别的。越是难以驾驭的主题,越需要下笔之前精心构思,否则无法兼顾大体与细节,会失去总体的和谐。之所以能够驾驭他人不愿涉足的主题,福楼拜仰仗的是自己的文笔之美,他由片面强调文笔这一形式因素,到认识到这样做会造成不知自己写什么的危险,随即认为,形式和内容向来不可分。福楼拜的文艺思想是一路发展的,他认为,我们有太多的内容却有着太少的形式,因此需要不断创新形式。

第一节 主题无美丑

在以往作家那里尚属不入流的日常生活中的庸俗的人和事,福楼拜却当作重大的主题(le sujet)来处理。以往的现实主义,包括古代的、文艺复兴时期和启蒙主义时期的现实主义,都是对人类的英雄行为和生活理想做出理解的结果,主要描写人类理性的、健康向上的生活,维护人类的尊严。即使英国的理查逊将"现实"理解为日常人类生活,但那也是一种理想化与道德化的日常生活。

到了福楼拜这里，庸人、俗语、糗事的份额远远超过了生活中罕见的幸福、成功、理智，他认为，前者原本就是人们生活的常态与本质，因而理应成为写作的重心。

福楼拜说：

> 对我而言，美的、我想写的，是一本什么都不写的书，一本不附着于外界、只靠自己内部的文笔力量即可立足的书。……物质内容越少的作品越是美的；表达越是接近思想，字句越贴切越隐约，作品就越美……因此没有美好的主题，也没有丑恶的主题……①

> 文学上并没有什么所谓的美丽的艺术主题，因此，伊沃托②和君士坦丁堡有相同的价值。结论是，想写什么就写什么，什么都可以写得精彩。艺术家应当提升一切，他像一个水泵，他身上有一个巨大的管子，这根管子深入事物的核心，深入它的最深层。他把埋在地下的、平淡无奇的、人们看不见的东西吸进去，再让它们大股大股地迎着

---

① 1852 年 1 月 16 日致高莱函，见 Gustave Flaubert, *Correpondance II*, E-ditions Gallimard, Paris, 1980, p. 31。法语原文为：Ce qui me semble beau, ce que je voudrais faire, c'est un livre sur rien, un livre sans attache extérieure, qui se tiendrait de lui-même par la force interne de son style, …Les œuvres les plus belles sont celles où li y a le moins de matière; plus l'expression se rapproche de la pensée, plus le mot colle dessus et disparaît, plus c'est beau. … C'est pour cela qu'il n'y a ni beaux ni vilains sujets…

② Yvetot, 福楼拜家乡鲁昂的一个区。

太阳喷涌出来。①

福楼拜认为，从广义上讲，主题并没有美丑、高低之分，因为世界本身就是一个巨大的艺术品，世间万物都是有思想的，诗是主观的，艺术家只要对世界心存敬畏，就可以把任何主题写出自己的风格。所以，越是庸俗的主题，若能处理好，越是难能可贵，足以彰显艺术家的高超水平。他对古希腊艺术推崇备至，原因之一就是它兼收并蓄。所以福楼拜认为，应该向古人学习，任何主题都敢于拿来做大胆的尝试。

但是随着具有庸俗主题的《包法利夫人》写作的展开，福楼拜也感到要"把俗事说得又恰当又朴实！这简直是太残忍了"②。在《萨朗波》的创作过程中，福楼拜感叹道：

> 一部作品对于我来说是一种特殊的生活方式，一种把自己放入某种环境（un milieu）的方法。我写作像拉小提琴一样，除了自娱自乐之外没有任何目的，如果我发现哪一个片段对整部作品没用，我就会把它删去。用这样的方法，一个较难的主题，一百页的写作可能需要十年的时间。这都是事实。非常可悲，我三个月没动弹了。我

---

① 1853 年 6 月 25 日致高莱函，见 Gustave Flaubert, *Correpondance II*, Editions Gallimard, Paris, 1980, p. 362。

② 1853 年 3 月 27 日致高莱函，见 Gustave Flaubert, *Correpondance II*, Editions Gallimard, Paris, 1980, p. 286。法语原文为：dire à la fois proprement et simplement des choses vulgaires! c'est atroce。

的存在平淡得像我的工作桌一样,纹丝不动。①

在福楼拜看来,虽然主题没有美丑之分,万事万物都可以走入文学的殿堂,成为描写对象,但是主题处理起来却是有难易之别的。随着自己创作的深入,福楼拜渐渐意识到"任何主题都可以写",只是从广义上讲,因为不同气质的作家可以选择不同的主题,任何一个主题都会有对应的作家。但是从狭义上看,针对作家个人而言,还是要选择与自己气质协调一致的主题。像《包法利夫人》和《萨朗波》这两部小说的主题,处理起来显然没有《情感教育》那样得心应手。《包法利夫人》的成功是福楼拜意志压倒气质的胜利,因为庸俗的现实本来是令福楼拜无比厌恶的,但是他却"妄想"写好集俗人俗话为一身的《包法利夫人》,那么个中所受的折磨与痛苦,读者必定是可以想见的。《萨朗波》以远古战争为主题,"今人"福楼拜若想把人物写得栩栩如生,既要符合历史常理又要使当时的读者能够接受,虚构却要具有真实的力量,便要好生揣摩活动在两千年前那帮人的想法和谈吐,难度之大,也是我们能体会一二的。他自己也说过:"要想象出一个时段的真相,绝非易事,也就是说,要勾勒出距今两千年一个环境里的一连串明显的细节。"②他常常觉得自己想象得走了样,写出的对话全是一派胡言。但是有着自传色彩的《情感教育》和有着母亲家族印记的《一颗简单的心》就要合福楼拜的胃口许多了,写起来神思骏发,下笔有如

---

① 1859 年 8 月 7 日致 Jules Sandeau 夫人函,见 Gustave Flaubert, *Correpondance III*, Editions Gallimard, Paris, 1991, p.34。

② 1857 年 11 月末致费多函,见 Gustave Flaubert, *Correpondance II*, Editions Gallimard, Paris, 1980, pp.782–783。

神助。

　　所以福楼拜说："人不可能自由地想写什么就写什么。人不选择主题。读者大众和批评家都不理解这一点。而杰作的秘密正在于此：主题与作者的气质协调一致。"①这里，福楼拜一是再次强调，易写的主题是和自己气质协调一致的主题；二是说明，更多的时候并不是自己主动的，而是主题找上门来。"我所写的并不是我所愿意写的！因为并不是我选择主题，而是它们强加于我。"②并且自己一旦被主题选中，福楼拜便反被动为主动，欲罢不能。所以他构思的作品，一旦开始了，便没有一本是半途而废的，不管是几易其稿，还是搁置多年，最终他都会以过人的毅力坚持完成，并暂享还清旧债一身轻松的解脱之快。除非某个构思他尚未动笔，或者是最后被死亡的来临强行中断了写作。福楼拜构思过的作品不计其数，多到他自认为直到死都写不完。

　　好的艺术家不需要最好的主题去达到自己艺术上的完美，任何主题在他手中都有用途。诸如《包法利夫人》和《萨朗波》的主题，前者因其平淡无奇，是福楼拜一向厌恶至极的；后者因为年代过于久远，写活当时的人物、事物及场景难上加难。但福楼拜出于练笔的目的（当然选择《萨朗波》还有其他的原因），知其不可为而为之，希望能达到难能可贵的效果。《包法利夫人》成书后，福楼拜感叹："我不会再写此类的主题了，庸众太令我反感了，正因为厌

---

　　①　1861 年（？）致爱德玛·罗歇·德·热奈特（À Edma Royer des Genettes）函，见 Gustave Flaubert, *Correpondance III*, Editions Gallimard, Paris, 1991, p. 191。

　　②　1869 年 1 月 1 日致乔治·桑函，见 Gustave Flaubert, *Correpondance*, Editions Flammarion, Paris, 1981, p. 209。

恶,才选了这一超级平庸与难以塑造的主题来练笔。这一工作已起到了预热拳脚的作用;现在是开启另一项工作的时候了。"①伟大的艺术家在哪里都能找到主题,处理主题的方法是一种考验,任何主题中都蕴含着启示和考验。在福楼拜看来,主题无高低美丑之分,所以主题随着艺术的发展而淡化。任何主题都可以在仔细的观察、构思之后被赋予美丽的形体,从而达到真实正确、客观普遍,给人幻象,引人思索。

第二节　谋篇的灵魂

福楼拜认为,抒情性顺着天然的倾向很容易产生效果,所以作者在写关于自己的东西时,一气呵成的句子可以是精彩的句子,然而却可能因为重复啰唆、比比皆是的陈词滥调,而有缺乏总体协调的危险。在写想象的事物时,一切必须来自构思(la conception),即使是一个标点符号都取决于总的提纲,既不能失去远方广阔的视野,同时要观照自己的脚下。所以,必须首先构思,才能既顾大体又兼细节。细节最是难写。细节好似珠子,构思犹如穿珠子的线;珍珠组成项链,细节构成故事;穿成项链的是线,连接起故事的是构思。然而,不丢掉任何一个细节且给每一个细节安排一个最得体、最能体现作品整体价值的位置,同时要严格遵循构思,那就得使出浑身的解数。所以,无论主题是不是与自己作者的性情协

---

① 1856 年 12 月 12 日致表弟 Louis Bonenfant 函,见 Gustave Flaubert, *Correpondance II*, Editions Gallimard, Paris, 1980, p. 652。

调一致,构思都必不可少且绝非易事。

福楼拜屡次提到的是有关珍珠和项链的一个比喻:

> 再也找不到那种狂乱的文笔,就像那次整整十八个月的写作状态,像是在用线穿珍珠项链。[①]

> 珍珠组成了项链,但却是线把珍珠穿起来的。[②]

> 再次提醒你珍珠是不能穿成项链的,是线穿成的。[③]

1875 年 12 月 16 日,福楼拜在给乔治·桑的信中写道:

> 有几个不成形的想法,我自己也犹豫摇摆,我想写得紧凑点,强烈点。但把项链穿起来的这根主线(这最重要),还没找到。[④]

他把主题里大大小小的人与事比喻为一颗颗珍珠。一粒粒散乱的珍珠是无法起到美化装饰的作用的,它们要成为美的艺术

---

①　1852 年 1 月 16 日致高莱函,见 Gustave Flaubert, *Correpondance II*, E-ditions Gallimard, Paris, 1980, p. 31。

②　1853 年 8 月 26 日致高莱函,见 Gustave Flaubert, *Correpondance II*, E-ditions Gallimard, Paris, 1980, p. 417。

③　1853 年 12 月 18 日致高莱函,见 Gustave Flaubert, *Correpondance II*, Editions Gallimard, Paris, 1980, p. 480。

④　1875 年 12 月 16 日致乔治·桑函,见 Gustave Flaubert, *Correpondance*, Editions Flammarion, Paris,1981, p. 509。

品——项链,必须要有一根线穿起来才行。

　　福楼拜无非是要用生动的例子说明,写作要想把主题中的人和事关联起来,必须要构思,才有使其成为艺术品的可能。"好的句子并不等于好的作品(les pièces)。——使一部作品优秀的,是构思,是它的强度(l'intensité)。——并且,尤其是诗句,因出色而是一部精密的仪器,它的思想应该是紧密的(tassée)。"①

　　所以,福楼拜在指导路易斯·高莱女士写作时,反复对她强调:"要思考、默想,努力在动笔之前彻底看清你的目的。"②"养成动笔之前思考的习惯。"③"在想形式之前要好好地反复思考写作对象(l'objectif),因为只有萦绕在我们心头的主题的幻象(l'illusion)有了,形式才会有。"④"构思有了,就不会缺乏表达。"⑤"在写作中体验到的所有困难都来自缺乏条理。我如今就认定这一点。从具体操作来说,如果深为某个句子结构或表达方式的寻而不得而饱受折磨,那是因为没有构思。形象,或者脑子里非常明确的观念,

———————

　　① 1854 年 4 月 18 日致高莱函,见 Gustave Flaubert, *Correpondance II*, Editions Gallimard, Paris, 1980, p.552。

　　② 1852 年 11 月 19 日致高莱函,见 Gustave Flaubert, *Correpondance II*, Editions Gallimard, Paris, 1980, p.213。

　　③ 1852 年 11 月 19 日致高莱函,见 Gustave Flaubert, *Correpondance II*, Editions Gallimard, Paris, 1980, p.210。

　　④ 1853 年 11 月 29 日致高莱函,见 Gustave Flaubert, *Correpondance II*, Editions Gallimard, Paris, 1980, p.469。

　　⑤ 1876 年 3 月 10 日致乔治·桑函,见 Gustave Flaubert, *Correpondance*, Editions Flammarion, Paris, 1981, p.527。

必定会把字词带到你的纸上。后者产生于前者。"①一个思想首先
出现,然后才是它的艺术外衣,或者说形态或形式。福楼拜这里
"构思周全的东西,等等",语出布瓦洛《诗艺》:"构思周全的东西
陈述也明确"。只是因为译者不同,译文有些出入,但是殊途同归,
指向一致。

> 有些人思想模糊,脑子里一团混沌,
> 仿佛是经常裹着一层浓密的乌云;
> 纵然有理智光明,也不能把它穿透。
> 因此你写作之前先要学构思清楚。
> 全要看你的文思是晦暗还是明丽,
> 你的文词便随之较模糊或较清晰。
> 你心里想得透彻,你的话自然明白,
> 表达意思的词语自然会信手拈来。②

在给尚特比小姐的信函中,福楼拜也说过:

> "如果你有信念在胸,你就可以撼动山岳"同样也是
> 美的原则。这句话被平淡地译出来便是:"如果你清楚地
> 知道你要说什么,你会说得很好。"说自己要说的话不是

---

① 1853 年 9 月 30 日致高莱函,见 Gustave Flaubert, *Correpondance II*, E-
ditions Gallimard, Paris, 1980, p. 445。

② [法]布瓦洛:《诗的艺术》(增补本),范希衡译,北京:人民文学出版
社,2010 年,第 12—13 页第 147—154 行。

太难,说别人要说的话才难。①

这里福楼拜再次提到了主题与气质协调的问题,若不是属于自己气质的主题,那写起来会非常累人,甚至会吃力不讨好。因为要揣摩当时当境某种不同于自己性格的人应该会说什么话,还要用适合他的地位、阶级和身份的或文雅或粗俗或幽默或古板的语言表达出来,这对绝大多数作家来说都是一种极大的挑战。

从宏观来讲,写作要有主题,要一切以主题为中心、为转向,要想达到这一点,就必须先构思,否则一鼓作气写就的作品总会缺乏整体上浑然天成的协调。艺术是有限制的,笔不可能走得比具体形象更远,作家不可能表达好没有想清楚的东西。

福楼拜批评狄更斯甚至全体英国作家的写作没有构思:

> 我刚读了狄更斯的《匹克威克外传》。您知道这本书吗?里面有些部分相当不错;但结构多么不完善呀! 所有英国作家毛病都出在那里;除了瓦尔特·司各特,他们都没有构思。②

作家只有精确地知道了自己想说的,才能说得好。"思想有

---

① 1853 年 11 月 29 日致尚特比小姐函,见 Gustave Flaubert, *Correpondance II*, Editions Gallimard, Paris, 1980, p. 785。

② 1872 年 7 月 12 日致乔治·桑函,见 Gustave Flaubert, *Correpondance*, Editions Flammarion, Paris, 1981, p. 393。

了,再找到最适合它的形式,这就是写出杰作的秘密。"①"文笔的原创性源于构思。句子被思想(l'idée)填满,满到要爆裂。"②"文笔只不过是一种思考的方法,如果你的构思太无力,就不会写得有力。"③也就是说,构思好了,再通过文笔赋予它一个美丽的形体,这才是艺术品应有的创造过程。

福楼拜动笔之前会有一个详细周密的构思,之后严格按照大纲写作,甚至一个标点符号都要在考虑作品整体的大局之后才能定夺。继而是殚精竭虑地删除、修改,直到最后满意为止。

与福楼拜的创作过程形成鲜明对比的是巴尔扎克。在写作之前,巴尔扎克不愿制订一个让自己循规蹈矩、不可逾越的写作计划。他总是挥笔疾书,欲罢不能,至少初稿是这样一气呵成的。巴尔扎克每天从事十五或十八小时的写作,周身的器官都处于紧张状态。在灵感的火花迸发的时候,一切都达到了白热化的程度,所有的素材都被熔铸成新的内容。当偶尔出现写得很不顺利的小说,他能够停下笔来等它几年,然后继续进行。《赛查·皮罗多》和《贝亚特里斯》的写作,就是这种情况。在巴尔扎克那里,灵感具有反复无常的性质,常常是在自己内外双重的压力下,它才充分地迸发出来。

---

① 1864 年 1 月 9 日致布歇(Félix-Archimède Pouchet)函,见 Gustave Flaubert, *Correpondance III*, Editions Gallimard, Paris, 1991, p. 371。

② 1857 年 7 月 13 日致波德莱尔函,见 Gustave Flaubert, *Correpondance II*, Editions Gallimard, Paris, 1980, p. 744。

③ 1859 年 5 月 15 日致费多函,见 Gustave Flaubert, *Correpondance III*, Editions Gallimard, Paris, 1991, p. 21。

正因为创作过程不同,所以福楼拜和巴尔扎克各自作品的总量是没有可比性的。但是,作品数量并不是评判作家好坏的标准。巴尔扎克用他的皇皇巨著《人间喜剧》赢得了"伟大"的定位,福楼拜用他少而精的小说获取了"完美"的盛誉。李健吾的断语"巴尔扎克伟大,但是福楼拜,完美",早已为大家一致公认并广泛使用。

第三节　形式与内容相统一

福楼拜借《布瓦尔与佩库歇》中迪姆舍尔教授之口得出这样的结论:"当今舞台衰落的根由在于藐视文学,或者不如说藐视文笔。"①可见福楼拜对文笔的重视程度——它几乎等同于文学——"藐视文笔"和"藐视文学"被放在了同样的位置。

福楼拜认为,主题无美丑高下之别,那么他是怎样使别人视为低微卑琐的主题在自己笔下光彩夺目的呢? 关键在于他的文笔。他有着依靠自己美丽得体的文笔化腐朽为神奇的崇高艺术理想。仅仅通过语言的魅力,福楼拜可以使原本微不足道的事物成为有着永恒价值的艺术珍品。

就像布瓦洛所说:"最不正当的爱情经过雅洁的描写/也不会

---

① 　[法]福楼拜:《福楼拜小说全集》(下),刘益庾、刘方译,北京:人民文学出版社,2002 年,第 255 页。

在人心里引起欲念的奸邪。"①福楼拜在书信中曾打了个比方："有一句拉丁语，大意是这样：'用你的牙齿从粪便里衔起一个铜子儿来。'这是用于那种爱财如命的人的一种修辞手法。我就像他们那样：我将永不停步地寻找黄金。"②福楼拜坚信自己可以通过美的文笔给予任何为他人所不屑的主题以价值。

文笔之美在福楼拜的观念里便是有着音乐般的韵律，用词贴切准确到不容更改、不可替代，还要一页之内最好不要有重复的词语，等等。如1852年12月29日在信中指导高莱写作时，福楼拜就要求她避免词语重复，全部都要精致，区分词的细微差别。③

福楼拜认为这一切不是滔滔文笔一泻千里所能达到的，那样只会是泥沙俱下，鱼龙混杂。他相信天赋确实在某些人身上存在，但是他已经清醒地看透自己先天没被其光顾，从不觉得自己是天才或大家。1847年，福楼拜在给高莱女士的信中说："自己越是靠近艺术家，就越觉得自己渺小无力，不敢写东西。"④有了这样一种自我定位，又认为"当天赋缺乏时，意志在一定程度上可以取而代

————————

①　[法]布瓦洛：《诗的艺术》(增补本)，范希衡译，北京：人民文学出版社，2010年，第63页第101—102行。

②　[英]朱利安·巴恩斯：《福楼拜的鹦鹉》，汤永宽译，南京：译林出版社，2005年，第35页。

③　1852年12月29日致高莱函，见Gustave Flaubert, *Correpondance II*, Editions Gallimard, Paris, 1980, pp. 222–223。

④　1847年9月17日致高莱函，见Gustave Flaubert, *Correpondance I*, Editions Gallimard, Paris, 1973, p. 471。

之"①,都决定了福楼拜为自己量身定做的方法便是忍耐,或者说是意志力。他所追求的语言最高限度的表现力和精确性,是靠自己意志与忍耐仔细推敲、不倦修改、苦苦定夺而来的。

《包法利夫人》是福楼拜第一次大的转型,他相信自己可以凭借文笔的力量使婚外恋这一庸俗的主题熠熠生辉。但是,这也是相当折磨人的一项工作,他经常向高莱女士抱怨自己的缓慢。1853年1月29日,他给高莱的信中说:"从8月底开始,五个月了,我只写了六十五页。"1853年3月24日,他说自己四天写了一页,可能还要撕掉。1853年3月27日报告:一周写了两页。1853年4月6日,他问高莱:"你知道从今年开始我写了多少页吗?——三十九页。"1853年7月2日,他总结道:"十个月写了一百一十四页。"1853年7月15日,他说一周写了八页。要把平凡庸俗的事写得简单明了又确切恰当,对他来说这是一种残酷的折磨。

　　我写得非常慢;有时为了写最简单的句子经历了真正的折磨。②

　　我不知道怎样避免重复。像"他关上门""他出去了"等这类最简单的句子要求难以置信的艺术手段! 它们涉

---

① 1853年8月22日致高莱函,见 Gustave Flaubert, *Correpondance II*, Editions Gallimard, Paris, 1980, p. 314。

② 1851年11月2日致高莱函,见 Gustave Flaubert, *Correpondance II*, Editions Gallimard, Paris, 1980, p. 175。

及用同样的"原料"持续地变换方式方法。①

在 1866 年 11 月 27 日致乔治·桑的信中,福楼拜做了一个比较:

> 你不会知道,一整天把头埋在两手之间就为找一个词语。在你,思想之流(l'idée coule)奔流不息,像一条河。——但是于我,它是小细流。我要做很多艺术工作才能获得瀑布。②

也即,在别人,写作也许信笔挥就,便可达至行云流水或滔滔汩汩的境地;到自己,便要呕心经营,耗尽神思,才能勉强以滴计数,充其量也只能是涓涓细流。

福楼拜所追求的文笔之美,要做到以下四个方面。

一、避免重复

福楼拜认为:"一本书中的句子应该像树林中的叶子,相似却不相同。"③但是"句子之间从始至终应该使用技巧,像一面墙一样,

---

① 1854 年 3 月 19 日致高莱函,见 Gustave Flaubert, *Correpondance II*, Editions Gallimard, Paris, 1980, p. 536。

② 1866 年 11 月 27 日致乔治·桑函,见 Gustave Flaubert, *Correpondance III*, Editions Gallimard, Paris, 1991, p. 566。

③ 1854 年 4 月 7 日致高莱函,见 Gustave Flaubert, *Correpondance II*, Editions Gallimard, Paris, 1980, p. 545。

外表的装饰一直延伸,从表面看来,要浑然一体"①。就是说,一本小说中的句子是一个整体,最终要达到和而不同的佳境。

1853 年 6 月 14 日,在写作《包法利夫人》的过程中,福楼拜致信高莱女士说:"我在《包法利夫人》中发现了大概一千个该去掉的词语重复。"②

有一个困难似乎是福楼拜无法克服的:法语中表示"为某人或某物所拥有"的方式只有一种,即"de";不像英语中可以有两种,分别是"of"和"'s"。在法语此种表达如此单一的情况下,有时候很难避免重复使用"de",这令向往一句之内没有词语重复、追求文笔变化美的福楼拜心有不甘又奈何不得。在《包法利夫人》中,有一个句子连用了两个所有格——橘树花编的花冠(une couronne de fleurs d'oranger),这令他一直耿耿于怀。经过再三考虑,最后定稿时他将其改为"橘树条编的花冠(une couronne d'oranger)"。如果读者愿意,可以自行把花想象出来,毕竟,橘树条在所描写的季节正在开花!如果读者没那么诗意与细心,就会觉得那只是树枝编的花冠,没有丝毫的美感可言。这就是福楼拜,宁可牺牲美的内容,也要保证句子的形式美。

甚至《包法利夫人》出版之后,福楼拜在 1856 年 10 月 11 日致友人的信中还追悔莫及:

①　1853 年 7 月 2 日致高莱函,见 Gustave Flaubert, *Correpondance II*, Editions Gallimard, Paris, 1980, p.373。

②　1853 年 6 月 14 日致高莱函,见 Gustave Flaubert, *Correpondance II*, E-ditions Gallimard, Paris, 1980, p.353。

　　和我的期待相反，极度的不愉快。我没注意到印刷
错误，三四处重复的词让我很恼火，还有一页"qui"太
多了。①

　　福楼拜对美的追求永无止境，他总是能在自己的作品中找出
令自己汗颜的大量"错误"，直到印刷出来，白纸黑字已经不能轻易
改动时，还在抱憾不已。

　　避免重复的应有之义，除要避开字词的重复之外，还要避免场
景的重复。我们来看《包法利夫人》中的一处例子：当爱玛被债务
逼得走投无路时，她想到了借钱。找莱昂和罗多尔夫，因为他俩一
个是爱玛当时的情夫，一个是爱玛曾经的情人，所以她所用的招式
理所当然有所区别：对莱昂是命令式的，对罗多尔夫是勾起旧情的
撒娇式的。至于找公证人吉约曼和税务人比内求情筹款，因为此
二人与爱玛的关系远近相当，所以她所用的乞求方式该是大同小
异的，福楼拜为了避免场景的重复，采用了不同的处理方式。

　　爱玛到公证人吉约曼处是特写场景，通过叙述人的视角记录：

　　可是，当她开口向他借一千埃居时，他紧抿嘴唇，随
即声称当初没能为她提供理财咨询，真是太遗憾了，因为
即便是一位夫人，也可以有上百种极其方便的办法来使
资产增值。格吕梅尼尔的泥炭矿也好，阿弗尔的地产也

---

　　①　1856 年 10 月 11 日致于勒·杜卜朗函，见 Gustave Flaubert, *Correspondance II*, Editions Gallimard, Paris, 1980, p. 640。

好，投资下去都是收益极其可观，而且几乎十拿九稳的；他说得天花乱坠，让她一想到原本稳归自己的滚滚财源居然白白流失，就气恼得险些儿按捺不住。

"这不，"他接着说，"您早先干吗不来找我呀？"

"我也不知道，"她说。

"为什么呢，嗯？莫非我叫您感到害怕不成！该抱怨的不是别人，而是我！咱们几乎还算不上认识呢？可我却甘愿为您效犬马之劳：我想，您对此不会再有半点疑虑了吧？"

他伸手握住她的手，贪婪地吻了一下，然后把它搁在自己的膝上；他一边用手指轻轻地抚弄它，一边对她尽说些甜言蜜语。

…………

包法利夫人的脸腾地一下涨得通红通红。她模样怕人地一边后退，一边喊道：

"先生，你这么乘人之危，真是太不要脸了！我可怜，可我不卖身！"

说完她出门而去。

公证人呆若木鸡，目光愣愣地落在自己那双漂亮的绒绣拖鞋上。那是件爱情信物。瞧着它，总算有了安慰。再说，他心想这种事毕竟担着风险，真陷进去了只怕会不可收拾。

"太卑鄙了！太粗野了！……真是下流透顶！"她心

里骂着,脚下加紧,逃也似的在山杨树下的路上往前走。①

但是到了税务员比内那里,是通过镇长太太和卡隆太太站在楼顶远眺的视角描写的。

> 她蓦地跳起冲下楼梯,飞快穿过广场;正在教堂门前跟莱蒂布德瓦闲聊的镇长太太,瞧见她奔进了税务员的家。
>
> 她赶忙去告诉卡隆太太。两位太太登上顶楼,躲在晾竿上的衣服后面,看得见比内屋里的一举一动。
>
> …………
>
> "莫非她是去订货?"迪瓦施太太说。
>
> "可他的东西是不卖的呀!"旁边那位表示异议。
>
> 看税务员那模样,他是在听,但他眼睛瞪得大大的,像是听不懂似的。她仍然在说,神情是柔顺的、央求的。她凑上前去;她的胸脯不停地起伏;他俩都不作声了。
>
> "她敢情是自个儿送上门去哪?"迪瓦施太太说。
>
> 比内连耳朵根都红了。她抓住他的双手。
>
> "啊!太不像话了!"
>
> 她想必是向他提出一个骇人听闻的要求;因为税务员,——他是个勇敢的人,当年在包岑和吕岑打过仗,参

---

① [法]福楼拜:《包法利夫人》,周克希译,上海:上海译文出版社,2007年,第275—276页。

加过法兰西之战,甚至还获提名报请颁发十字勋章,——顿时像看见了一条蛇,猛地往后退去,嘴里大声嚷道:

"夫人!亏您怎么想得出来?……"

"这种女人就欠用鞭子抽!"迪瓦施太太说。

"咦,她上哪儿去啦?"卡隆太太说。

原来就在她俩说话的当口,她不在了;过一会儿,只见她沿大街走了一程又往右拐,像是要去公墓,然后就不见了踪影,两位太太猜了半天,也没猜出个所以然来。①

对于包法利夫人借钱的过程,福楼拜不厌其烦地写到了四个场景,他通过不同的处理方法,让读者真切感受到了文中场景与现实生活贴切又吻合的高妙写作,四次借钱,非但不会让读者有重复厌倦之感,反而顿觉余味悠然。

词句与场面的多样化处理,保证了福楼拜文笔变化美的呈现。

二、用词精确

在指导高莱女士写作时,福楼拜规劝道:"好好斟酌你的诗句。现在你处在一个不能让一句诗无力(faible)的境地。我不知道我的《包法利夫人》会怎样,但我看来它没有一句软弱的话(une phrase molle),这就够了。天分,是上帝给的。但是能力是我们能看到的。有了正直的精神,对事物的爱,保持耐心,我们就能到达目的地。

---

① [法]福楼拜:《包法利夫人》,周克希译,上海:上海译文出版社,2007年,第277—279页。

要修改直到无懈可击,无可挑剔,精确到一个字都不容改动。"①福楼拜对莫泊桑也做过同样的要求。他教导莫泊桑说,作家的职责就是找到形容一个人或一件事最贴切最恰当的表达,达到不容更改的地步。

因为福楼拜认为:"写作的才能在于选词,精确产生力度。在文笔中和在音乐中一样,声音纯度越高,音乐越美,越难能可贵。"②他始终坚持形式是第一位的,没有形式就没有一切。在文笔面前,真实都要退居二线,为了文笔,甚至可以改动事实。形式美就是要音韵和谐,要恰当,要简洁、准确、有力量。在他看来,应该始终遵循拉布吕埃尔的一句话:"好的作者认为自己写得恰如其分。"在福楼拜眼里,于所有的表现中间,所有的形体中间,所有的样式中间,只有一个表现、一个样式、一个形体表现自己的意思。这就决定了艺术家的磨难,在于寻求"恰到好处"的形体,因为有太多的事物,却有太少的形体。确切的表达只有一种,没有形式或形式不完整的作品是绝不会垂之永久的。

"精确产生力度"这一观点的提出,与福楼拜对艺术科学化的追求有关。精确是科学的应有之义,福楼拜认为,艺术的科学化和科学的艺术性分别是艺术与科学的努力目标,科学与艺术在初级阶段分开后再在高级阶段融合,那么,与科学结合后的艺术是一定

---

① 1853 年 2 月 23 日致高莱函,见 Gustave Flaubert, *Correpondance II*, Editions Gallimard, Paris, 1980, p.248。

② 1852 年 7 月 22 日致高莱函,见 Gustave Flaubert, *Correpondance II*, Editions Gallimard, Paris, 1980, p.137。

能达到科学的精确与普遍的("普适性"留作后文再表)。而精确文笔的得来首先是要仔细观察,之后应反复修改。这些后文都会有详细阐述。

三、讲究韵律节奏

福楼拜认为,散文的句子要像音乐作品一样节奏鲜明,要像诗句一样响亮而有韵律。这一关于小说要有韵律节奏的观点,归根结底还是福楼拜提升散文地位达至诗歌的境界甚至臻于艺术美的追求。前文曾提到,到了福楼拜生活的时代,诗歌的尊贵出身仍一如既往,散文的二流地位也尚未改变。福楼拜认为,小说可以达到诗歌的标准,且可以无愧于"艺术"的称号,他是以艺术家的高标准来严格要求自己的。福楼拜在阐述自己的文艺思想时,常常自觉不自觉地把谈论对象转为了诗歌、艺术。

在1853年4月20日致高莱女士的信函中,福楼拜汇报:"我好几天都在忙着换掉重复的字词,避免叠韵(又叫半谐音,如 âme 和 âge 即为半谐音。——笔者注)。"① "我对不讲究节奏,没有创新的作者没有同情。"②

《包法利夫人》动笔之前及写作过程中,福楼拜意识到,要写一部关于庸人的小说,一旦处理不好便会让读者觉得枯燥乏味。但

---

① 1853年4月20日致高莱函,见 Gustave Flaubert, *Correpondance II*, Editions Gallimard, Paris, 1980, p.311。法语原文为: Je passe des journées entières à changer des répétitons de mots, à éviter des assonances.

② 1853年4月6日致高莱函,见 Gustave Flaubert, *Correpondance II*, Editions Gallimard, Paris, 1980, p.299。

是,他决心要创作出一件艺术品来。他要用优美的文笔克服由于题材的卑琐和人物的粗俗而造成的重重障碍。他努力摆脱韵律的束缚,追求韵律多样化。福楼拜有一种特殊的才能,在选词的过程中,能在选择一个精确意义的词语的同时,考虑到词的语音效果,使自己写出来的句子给读者以或急促或舒缓,或倦怠或紧张,或忧郁或喜悦的感觉,他甚至能用这种方法表达出任何的情绪状态。

如在搬离托斯特之前,爱玛对那里的一切感到无边的厌烦,因为生活的琐碎、单调与无聊,在婚后最初的几个月以她猝不及防的速度展现了出来。福楼拜既要写出这种琐碎生活的面貌,又要让读者毫无厌烦之感反而兴味盎然。福楼拜在那里写了一连串非常琐细的事情,但每一件事都是新鲜的,绝不重复;同时,用他那有韵律、有节奏、有乐感的散文诗般的句子表达出来,读者会在享受美的同时,因为每件事情那样的琐细,描写得那样平淡,毫无令人激动的东西,直观地体会到爱玛的厌烦情绪。

《包法利夫人》中,福楼拜通过爱玛在修道院所读的浪漫主义图书间接地批评浪漫主义小说的陈词滥调。他巧妙地选择了很多浅俗的意象,用音调铿锵的词语和跌宕起伏的句子,汇聚成一段段美妙和谐的文字。小说中写道:

> Ce n'étaient qu'amours, amants, amantes, dames persécutées s'évanouissant dans des pavillons solitaires, postillons qu'on tue à tous les relais, chevaux qu'on crève à toutes les pages, forêts sombres, troubles du cœur, ser-

ments, sanglots, larmes et baisers, nacelles au clair de lune, rossignols dans les bosquets, *meisseurs* braves comme des lions, doux comme des agneaux, vertueux comme on ne l'est pas, toujours bien mis, et qui pleurent comme des urnes.[①]

（中文译文）无非是两情缱绻、旷男怨女、晕倒在危楼的落难贵妇、沿途遭人追杀的驿站车夫、页页都有的累垮的坐骑、阴森的树林、心灵的骚动、信誓旦旦、无语凝噎、眼泪和亲吻、月下的小舟和林中的夜莺，书中的男子个个勇猛如狮子，温柔如羔羊，人品世间少有，衣着考究华丽，哭起来泪如泉涌。[②]

在描述奥梅卖弄伪科学的演讲及日常的粗鄙言行时，福楼拜运用了同样的艺术手法。内容无疑粗浅低俗，作者却用和谐悦耳的文字将其表达出来。文笔的美化功用力透纸背，让读者领略到了艺术的魅力与价值。

福楼拜每写就一部作品，都要读给好友听，如杜刚和布耶就是他忠实的听众。因常常熬夜写作，福楼拜成了一个没有上午的人。中午起床后用过午饭，读四个小时，然后吃晚饭，晚餐过后再读四

---

① Gustave Flaubert, *Madame Bovary*, Flammarion, Paris, 1986, p. 96.

② ［法］福楼拜:《包法利夫人》，周克希译，上海:上海译文出版社,2007年,第32页。

个小时,一天八小时的高强度阅读。费时费力地读给听众而不是让他们自己阅读,个中原因显而易见:他要检查听众对韵律的反应。对着文本干号,咂摸字句的声韵是福楼拜文学创作不可缺少的一环,不达到铿锵顿挫、音节谐和的效果他决不罢休。

四、仿圣经体的运用

福楼拜提出"主题无美丑",并敢于尝试《包法利夫人》这一有夫之妇因偷情而被债务逼迫,最后服毒自杀的庸俗主题,是建立在自己可以把卑俗的主题加以最大限度提升,以至向着超凡脱俗迈进的基础之上的。福楼拜在写作过程中力图通过多种努力来提升主题,对高贵者言语方式的模仿便是其中之一。那么谁最高贵呢?非《圣经》和上帝莫属。福楼拜是法国作家,以他的母语法语写作,那么他所参照的圣经体无疑源自法语版《圣经》。先看一下法语版《圣经》中《创世记》开篇中神的创造:

Et Dieu dit alors : "Que la lumière paraisse." Alors la lumière parut. Après cela Dieu vit que la lumière était bonne, et Dieu opéra une séparation entre la lumière et les ténèbres. Et Dieu appelait la lumière Jour, mais les ténèbres, il les appela Nuit. Et vint un soir et vint un matin : premièr jour.

神说:"要有光",就有了光。神看光是好的,就把光暗分开了。神称光为昼,称暗为夜。有晚上,有早晨,这是头一日。

Et Dieu dit encore："Qu'il y ait une étendue entre les eaux et qu'il se fasse une séparation entre les eaux et les eaux." Alors Dieux se mit à faire l'étendue et à faire une séparation entre les eaux qui devaient être au-dessous de l'étendue et les eaux qui devaient être au-dessus de l'étendue. Et il en fut ainsi. Et Dieu appelait l'étendue Ciel. Et vint un soir et vint un matin：deuxième jour.

神说："诸水之间要有空气,将水分为上下。"神就造出空气,将空气以下的水、空气以上的水分开了。事就这样成了。神称空气为天。有晚上,有早晨,是第二日。

Et Dieu dit encore："Que les eaux [qui sont] au-dessous des cieux se rassemblent en un seul lieu et qu'appraisse la terre ferme." Et il en fut ainsi. Et la terre ferme, Dieu l'appelait Terre, mais le rassemblement des eaux , il l'appels Mers. …①

神说："天下的水要聚在一处,使旱地露出来。"事就这样成了。神称旱地为地,称水的聚处为海。……②

---

① 文中三处法语《圣经》引文均出自：*Les Saintes Ecritures-Traduction du monde nouveau*, Editions les Témoins de Jéhovah de France,（ASS. 1901）。（法语版《圣经》）

② 文中三处《圣经》中文译文均引自：《圣经》,南京：中国基督教三自爱国运动委员会、中国基督教协会,2003 年。

我们看到,《圣经》中不仅每段常以"et"开始,并且段中处处可见"et"的踪影。法语中的"et"相当于英语中的"and",常常被翻译为汉语中的"和"或"与"。在法语版《圣经》中我们看到,"et"有时有实际意义,连接两个名词,如"la lumière **et** les ténèbres"中的"光与暗";有时是连接两个句子,起一种承接的作用,这时常被译为"然后""接着""而且""再就是"等,如"Après cela Dieu vit que la lumière était bonne, **et** Dieu opéra une séparation entre la lumière et les ténèbres."("神看光是好的,就把光暗分开了。")还有更多的情况是,根本没什么实际意义,就像某个人说话时的口头语一般,纯属一种语气词,甚至在译为汉语时根本没有翻译,因为两种语言之间并不是所有的表述都能找到精确对应的表达。这也就是翻译为什么常常译不出原作韵味的缘故。我们以上所引用的三段法文版《圣经》中绝大多数"et"的用法都属于无法翻译的具有个人言语特色这一类。所以,福楼拜在写作过程中大量模仿了这种用法。

来对比一下《包法利夫人》法语版书写:

　　—Etes -vous le médecin? demanda l'enfant.

　　Et, sur la réponse de Charles, il prit ses sabots à ses mains et se mit à courir devant lui. ①

　　"您就是医生吗?"男孩问道。

---

① Gustave Flaubert, *Madame Bovary*, Flammarion, Paris, 1986, p. 72.

有了夏尔的回答,他便提着木鞋赶在马前奔跑起来。①

（这是鲁奥老爹摔断了腿,请夏尔前来医治,差仆人在外面迎接夏尔。——笔者注）

—Puis-je voir Monsieur ? demanda-t-il à Justin, qui causait sur le seuil avec Félicité.

Et, le prenant pour le domestique de la maison：… ②

"请问大夫在家吗?"他向正在门口跟费莉茜黛聊天的絮斯丹问道。

他把絮斯丹当成了医生家的男仆:……③

（罗多尔夫带下人来就医——笔者注）

—Monsieur vous attend, madame; la soupe est servie.

Et il fallut descendre! il fallut se mettre à table. ④

"先生在等您呐,夫人;汤都摆好了。"（女仆来叫爱玛吃饭——笔者注）

---

① ［法］福楼拜:《包法利夫人》,周克希译,上海:上海译文出版社,2007年,第12—13页。

② Gustave Flaubert, *Madame Bovary*, Flammarion, Paris, 1986, p. 193.

③ ［法］福楼拜:《包法利夫人》,周克希译,上海:上海译文出版社,2007年,第112页。

④ Gustave Flaubert, *Madame Bovary*, Flammarion, Paris, 1986, p. 274.

得下楼去! 得去就餐!①

福楼拜常常为不能把日常琐事写好而犯愁,在《包法利夫人》中,把日常吃饭、来病人就医这种俗得不能再俗的琐事假扮高尚的方法之一便是模仿圣经体,使世俗向着超凡努力提升。

因为文笔方面严苛律己,福楼拜也感到知音难觅,好在虽然难,却并非没有。为语言所困扰的不仅有福楼拜,还有布瓦洛和歌德等。布瓦洛说:"若不是这个行业害得我不能安息,我的日子会过得闲悠悠无所希冀。"②歌德也不无遗憾地认为,如果不是语言这样难以征服,或许自己可以是一个伟大的诗人。

福楼拜也对高莱说:"三天了,我在改两处总也改不好的地方。星期一、星期二整整两天,都被对两句话的寻找占去了。"③他还号召高莱好好向布耶学习,因为布耶修改两句诗花了十天的时间。

福楼拜形容自己苦寻的境况:"大脑急转,喉咙燃烧,用成千上万种不同的方法寻找、钻研、挖掘、颠倒次序、搜索和吼叫,最终,一个句子终于来到了。——句子很好。我可以这么说;但也不是没

① ［法］福楼拜:《包法利夫人》,周克希译,上海:上海译文出版社,2007年,第 185 页。

② ［法］布瓦洛:《诗的艺术》(增补本),范希衡译,北京:人民文学出版社,2010 年,第 75 页第 57—58 行。

③ 1853 年 6 月 1 日致高莱函,见 Gustave Flaubert, *Correpondance II*, Editions Gallimard, Paris, 1980, p.338。

有缺陷!"①

　　正因他抱定在所有的样式、所有的表现、所有的形体中间,只有一个样式、一个表现、一个形体能够表现他的意思,正因为他认为艺术需要耐心,所以《包法利夫人》的写作,历时四年零四个月。福楼拜每天工作十二小时,正反两面的草稿写了一千八百页,经过反复琢磨,不倦修改,最后定稿只有五百页。他认为,修改本身就是件作品,正如沃维纳格的名言:"修改是大师们的彩釉"。

　　当辛苦与付出换来些许成绩时,那种感动是难以言表的,所以,福楼拜用行动来迎接:

　　　　当呕心沥血偶有所得时,那种感觉又是妙不可言的,所以只好用其他的方式来迎接:我做了一件非常滑稽的事(文笔最美的生动出现后,我哭了两个小时),但这完全是心血来潮,我创造了前所未有的事情。②

　　对任何一事物的爱必须有回应,人才能坚持下去。正因为时有收获,才激励攀登者鼓起勇气,知其不可为而为之:

　　　　要有耐心,要充满希望! 如果我们一直在进步,我们

　　①　1854 年 3 月 25 日致高莱函,见 Gustave Flaubert, *Correpondance II*, Editions Gallimard, Paris, 1980, p.540。

　　②　1854 年 4 月 18 日致高莱函,见 Gustave Flaubert, *Correpondance II*, Editions Gallimard, Paris, 1980, p. 51。

的烦恼、无力、缓慢的行动,对作品的厌恶又算得了什么;如果我们一直在攀登,目的地又有什么重要? 如果我们在疾走,客栈又有何意义! 这永不休止的苦恼难道不是精致的保证,不是信仰的证明吗? ——当我们的理想完成一半的时候,我们正在创造美,至少在别人看来是这样,即便在自己看来不是。[①]

"是什么使作品有力度,是雄浑,通俗地说,是一种自始至终不曾减弱的延续的精力。[②]

必须一如既往地坚持,享受过程,才能趋向完成,享受偶有的所得,也只有顽强的毅力,才能为作品源源不断地输入力量。

对于文笔所构成的总体形式,福楼拜认为:

至于"形式"这一问题,是非常重要的,甚至是唯一重要的事情。形式好了,就可以避免单调。[③]

———————

① 1852 年 12 月 29 日致高莱函,见 Gustave Flaubert, *Correpondance II*, Editions Gallimard, Paris, 1980, p. 224。

② 1853 年 4 月 13 日致高莱函,见 Gustave Flaubert, *Correpondance II*, Editions Gallimard, Paris, 1980, p. 303。

③ 1858 年 12 月 28 日致欧内斯特·费多函,见 Gustave Flaubert, *Correpondance II*, Editions Gallimard, Paris, 1980, p. 852。法语原文为:quant à la question de forme, ce qu'il y a de plus *grave*, et même la seule chose grave. Tu enlèveras par là de la monotonie。

　　福楼拜的文艺思想是一路发展的，或者说是全面而不偏执的。他由强调形式，到发现如果一味地强调形式会有不知道自己要写什么的危险，随即认识到形式与内容向来是不可分的。

　　在 1857 年 12 月 12 日给尚特比小姐的信中，福楼拜回应道：

> 　　你说我太注意形式了。天哪！这就像身体与灵魂；形式和思想在我看来是一回事，我不知道一个离开另一个怎么存在。观念(l'idée)越好，声音越响亮，相信我。思想(la pensée)的精确使字词精确。①

　　老套的说法总爱把形式比作外衣。福楼拜说：

> 　　不！形式和思想一样都是肌肉，就像思想和灵魂和生活一样不可分。②

> 　　我认为形式和内容这两个微妙的东西是一体的，不

---

① 1857 年 12 月 12 日致尚特比小姐函，见 Gustave Flaubert, *Correpondance II*, Editions Gallimard, Paris, 1980, p. 785。法语原文为：Vous me dites que je fais trop attention à la forme. Hélas! c'est comme le corps et l'âme；la forme et l'idée, pour moi, c'est tout un et je ne sais pas ce qu'est l'un sans l'autre. Plus une idée est belle, plus la phrase est sonore；soyez-en sûre. La précision de la pensée fait celle du mot。

② 1853 年 3 月 27 日致高莱函，见 Gustave Flaubert, *Correpondance II*, Editions Gallimard, Paris, 1980, p. 286。法语原文为：Mais non! La forme est la chair même de la pensée, comme la pensée en est l'âme, la vie。

可分离。①

　　福楼拜思想的发展还表现在,他认为形式要不断创新,古代的形式对我们来说已经不够用了,我们的嗓音并非造就来唱那些简单的曲调。如果我们做得到,让我们当他们一样的艺术家,但又不同于他们。从荷马到现在,人类的意识领域已经拓宽了。桑丘·潘沙的肚子会抻断维纳斯的裤带。我们不能热衷于复制古老的精品,而应当努力创造新的艺术品。

---

　　① 1876 年 3 月 10 日致乔治·桑函,见 Gustave Flaubert, *Correpondance*, Editions Flammarion , Paris, 1981 , p. 527。法语原文为:je crois la Forme et le Fond deux subtilités, deux entités qui n'existent jamais l'une sans l'autre。

第三章

艺术创作能够达到客观普遍

福楼拜认为,为了达到艺术给人幻象、引人思索这一终极效果,艺术必须是客观的。且作品只有像上帝一样冷静客观、不下结论,才能达到描写一般而非例外的目的。这也就意味着,作品只有是客观的,才能具有科学性和普遍性,即客观性是普遍性的基础。

第一节 普遍性的基础

1857 年 3 月 18 日,福楼拜在致尚特比小姐的信中说:"我来回答你的问题:《包法利夫人》没有任何的真实。它是一个完全编造的故事;在里面我没有放入任何我的感情和我的经验。相反,幻象(如果有的话)来自作品的无主格(l'impersonnalité)。这是我的原则之一,不应该写自己。艺术家在他的作品中应该像上帝在他的造物中一样,看不见却万能;人们处处能感觉到他,但却看不到他。"①福楼拜认为,为了达到给人幻象的目的,艺术就必须是客观公正的。因为只有当作家不在场时,故事才有更大的可信性。"当人们对自己的灵魂能做到不偏不倚,像物理学研究物质一样客观时,他们将会有一个很大的进步。……客观公正首先应用在了艺术和宗教上,这二者是思想最大的证明。"②福楼拜认为,客观公正不仅要求作家仔细观察、真切体认,还有赖于他的不在场,即不指手画脚、不大做道德舆论宣传;也需要作家不动情(l'impassibilité),做到无动于衷、沉着冷静;最后要求作家只需客观呈现而不做结论。

仔细观察、真切体认留待后文详解,先来看其他几个方面。

要做到客观公正,首先,需要作家克制感情,平静以对。

福楼拜喜欢大自然的作品,也经常拿上帝对人间的态度来举例说明,是因为它们有着共同的客观态度。面对人类汹涌的情感,大自然平静以对;面对世间万物的是是非非,上帝从容应付。伟大

---

① 1857 年 3 月 18 日致尚特比小姐函,见 Gustave Flaubert, *Correpondance II*, Editions Gallimard, Paris, 1980, p. 691。法语原文为:Je vais donc répondre à vos questions:*Madame Bovary* n'a rien de vrai. C'est une histoire *totalement inventée*; je n'y ai rien mis ni de mes sentiments ni de mon existence. L'illusion (s'il y en a une) vient au contraire de *l'impersonnalité* de l'œuvre. C'est un de mes principes, qu'il ne faut pas *s'écrire*. L'artiste doit être dans son œuvre comme Dieu dans la création, invisible et tout-puissant; qu'on le sente partout, mais qu'on ne le voie pas。

② 1853 年 10 月 12 日致高莱函,见 Gustave Flaubert, *Correpondance II*, Editions Gallimard, Paris, 1980, p. 451。

的作品有着平静的面容,像大自然的作品一样,像大块头的动物和高山一样,使人产生幻象。

福楼拜认为,展示个人情感会削弱作品的力量。对某一事物的感受越少,就越有可能按照这件事的本来面目将它呈现出来。当然不是说作者不可以用情去感知这一事物,但是最后要达到的效果应该是客观的。要懂得"激情不能构成诗句。——你越是有个性,作品就越虚弱"①。"越是控制自己的情感因素,理智因素越是会增长。随着情感在你生活中的地位越来越低,艺术也就发展了。"②

所以福楼拜赞美圣伯夫道:"您像正义女神一样冷静,像历史一样真实。"③并建议高莱:"要用头脑来写作。如果心使头脑发热,最好不过了,但是不该直接表达心,心应该像一个看不见的烤炉。"④也即感情可以有,但是必须是隐形的,就像看不见的火炉一样,把热量慢慢散发出来,炉火本身却始终不被人看到,最终以冷

---

① 1852 年 7 月 6 日致高莱函,见 Gustave Flaubert, *Correpondance II*, Editions Gallimard, Paris, 1980, p. 127。法语原文为:La passion ne fait pas les vers. —Et plus vous serez personnel, plus vous serez faible。

② 1853 年 10 月 23 日致高莱函,见 Gustave Flaubert, *Correpondance II*, Editions Gallimard, Paris, 1980, p. 454。法语原文为:plus tu as bridé en toi l'élément sensible, plus l'intellectuel a grandi. À mesure que la passion a tenu moins de place dans ta vie, l'art s'est développé.

③ 1868 年 5 月 21 日致圣伯夫函,见 Gustave Flaubert, *Correpondance III*, Editions Gallimard, Paris, 1991, p. 751。

④ 1852 年 11 月 16 日致高莱函,见 Gustave Flaubert, *Correpondance II*, Editions Gallimard, Paris, 1980, p. 177。

静的面目示人。感情太强烈会湮没表达和构思的模式,使二者流于单调。

其次,要做到作家退场,避免说教。

福楼拜说:"在我看来,一个小说家对世上的事物没有权利发表自己的意见,他应该在他的作品中模仿上帝,也就是说行动,然后沉默。"①要达到这种"袖手旁观"的境界,应"把对象(l'objectif)放得再远一点,你会看到你的人物说话更好了,你不再通过他们的嘴来说话。你会和他们玩得很好。这就是秘诀"②。即不要把人物当成自己的传声筒,要看他们随着情节的发展,自然而然地到底想说什么,呈现他们本真的自我,而不是做作者的代言人。为了更深入地进入别人的情感,必须抛弃作家自我的特点,作者的不在场才保证了人物的在场。

福楼拜与屠格涅夫讨论文学作品,也是从此标准出发的。

> 谢谢您让我读了托尔斯泰的小说(指《战争与和平》——笔者注)。那是第一流的。他是怎样的画家、怎样的心理学家呀!头两卷太壮观了;但第三卷却相形见

---

① 1866 年 8 月 20 日致 Amélie Bosquet 函,见 Gustave Flaubert, *Correpondance III*, Editions Gallimard, Parıs, 1991, p. 517。法语原文为:Un romancier, selon moi, *n'a pas le droit* de dire son avis sur les choses de ce monde. —Il doit, dans sa création, imiter Dieu dans la sienne, c'est-à-dire faire et se taire。

② 1859 年 1 月 27 日致欧内斯特·费多函,见 Gustave Flaubert, *Correpondance III*, Editions Gallimard, Paris, 1991, p. 13。

绌,里面不断地重复和高谈阔论……①

对您说"不应该用心去写作"是一个很失败的表达。我想说的是:不要让自己的个性(sa personnalité)在场。我认为伟大的艺术是科学的,非主观的(scientifique et impersonnnel)。应该通过精神的努力(un effort d'esprit),把自己融入(se transporter)人物,而不是把人物吸引到自己身上来。②

艺术家是不该存在的。他的个性是无价值的。③

我们应该避免捉弄公众(le public),我觉得那是丑陋、幼稚的做法——作家个性的存在会使作品变狭窄。④

---

① 1880 年 1 月 21 日致屠格涅夫函,见 Selected, Edited, and Translated by Francis Steegmuller, *The letters of Gustave Flaubert* 1857 – 1880, The Belknap Press of Harvard University Press, Cambridge, Massachusetts and London, England, 1982, p. 264。

② 1866 年 12 月 15 日致乔治·桑函,见 Gustave Flaubert, *Correpondance III*, Editions Gallimard, Paris, 1991, pp. 578 – 579。

③ 1858 年 10 月 31 日致欧内斯特·费多函,见 Gustave Flaubert, *Correpondance II*, Editions Gallimard, Paris, 1980, p. 839。法语原文为:L'artiste *ne doit pas exister. Sa personnalité est nulle*。

④ 1852 年 11 月 16 日致高莱函,见 Gustave Flaubert, *Correpondance II*, Editions Gallimard, Paris, 1980, p. 177。法语原文为:Et nous évitons par là d'amuser le public avec nous-même, ce que je trouve hideux, ou trop naïf. —Et la personnalité d'écrivain qui rétrécit toujours une œuvre。

作家应让自己融入人物，跟随人物行动。这样写到高潮处，作者会被自己创造的人物引领，人物按自身的特点向前发展，远远超出了作者原先的设想，而不是随意揉捏人物，动不动就跳出来评论人物或代替人物发言，或者打断事件的进程，在作品中大篇幅地发表议论，让读者在昏昏欲睡之后，直接跳过去都不会影响小说的阅读和理解。在雨果的小说中，如大家都很熟悉的《巴黎圣母院》和《悲惨世界》，这种扯东扯西、枝叶蔓延的情形比比皆是。

再次，要做到自然呈现，不做结论。

不做结论是因为：其一，我们的观察对象是永恒发展的，我们根本不可能做出真正正确的结论，就如我们无法数清正在转动的车轮有多少辐条一样。（"对于正在转动的车轮，你怎样数清它的轮辐？"[1]）其二，作为观察者的人类何尝不是在永恒变化与发展呢？随着自己这一参照物的变化，我们对外在事物的看法也随之变化。由此可知，我们人类的感觉也是不可靠的。其三，以我们有限的感觉和认知手段，不大可能真正、彻底地认识事物，只能是自认为无限接近而已。"你看清它们了吗？你都研究过了吗？你是上帝吗？谁跟你说，人类的判断不会出错？谁跟你说，你的情感不会愚弄你？就凭我们有限的感觉和远非无穷的智慧，如何才能达到对真与善的绝对认识？"[2]其四，我们所用的观察武器——科学本身也在

---

①　1857 年5 月18 日致尚特比小姐函，见 Gustave Flaubert, *Correpondance II*, Editions Gallimard, Paris, 1980, p. 718。法语原文为：D'une roue qui tourne, comment pouvez-vous compter les rayons?

②　1857 年5 月18 日致尚特比小姐函，见 Gustave Flaubert, *Correpondance II*, Editions Gallimard, Paris, 1980, p. 716。

不断发展,并且它的每一步发展都是以推翻之前的成果为代价的。

任何一个天才、一部伟大的著作都不会下结论,因为人类本身是不断前进的,任何的结论终将导致批评。

> 荷马、莎士比亚、歌德都不做结论,《圣经》也不做结论。……当我们回过头看时(quand on les regardera par-dessus l'épaule),那些最先进的思想看起来很可笑,很落后。我认为人类是永恒发展的,它的形式也是不断演变的……所以寻找最好的宗教,或者最佳的政府,在我看来是幼稚的蠢事。对我来说,无上的便是垂死的,因为它在给另一个让位。①

一切都是变动的,都是不可靠的,我们也就没有必要再一厢情愿地下结论了。所以只能像上帝一样——制作,然后沉默。上帝只是展览,而从不教诲,把个人分散给所有人,人就活了。高明之处就在于,道理已然潜移默化,于无声中已经滋润万千子民。

> 坦率说,艺术不应该被任何学说用来做讲坛,否则便会衰退!人们想把现实引到某个结论时总是歪曲现实,而结论却只属于上帝。再说,难道只凭虚构的小说情节就可能发现真理?历史,历史和博物学!那才是现代的

---

① 1857 年 5 月 18 日致尚特比小姐函,见 Gustave Flaubert, *Correpondance II*, Editions Gallimard, Paris, 1980, pp. 718 – 719。

两位缪斯。凭借它们才可能进入新的天地。我们不能回到中世纪。让我们"观察",一切都在其中了。也许经过几个世纪的学习研究,某个人可以做出概括。想做结论的狂热乃是人类最致命最无结果的怪癖之一。每一种宗教,每一种哲学都硬说自己拥有上帝,说自己可以测量无限,并了解获得幸福的秘方。多么傲慢,又多么微不足道! 相反,我看见最卓越的天才和最伟大的作品都从不做结论。荷马、莎士比亚、歌德,所有上帝的长子都提防自己做再现以外的其他事情。我们想登天,那好吧,让我们首先拓宽我们的思想和我们的心灵! 我们心比天高,却都陷在齐脖子的烂泥里。①

福楼拜称"历史和博物学"是"现代的两位缪斯",其用意在于说明历史和博物学都是在对人类社会和大自然进行观察的基础上形成的,艺术应该学习它们这种把自身的存在建立在观察和再现基础之上的精神,而不是说,要求文学模仿历史和博物学等任何科学学科的结论。因为历史和博物学同样不该下结论,它们即便是有结论,也只是暂时的,是妄自尊大、不自量力的;更不是说让历史和博物学取代艺术。

福楼拜的小说,不仅没有结论,而且有些事写着写着就断了,没有结果,没有未来。因为现实生活中的好多事都是偶然的,并不

---

① 1863 年 10 月 23 日致尚特比小姐函,参见[法]福楼拜:《福楼拜小说全集》(下),刘益庾、刘方译,北京:人民文学出版社,2002 年,第 554—555 页。

像以前的大部分小说那样充满逻辑,有前因,必有后果;生活中很多事没有结果,除非不了了之也算一种结果;生活中很多人没有未来,除非人间蒸发也是一种未来。

福楼拜认为:

> 艺术并非专为描写例外。——再说,我对在纸上写下我心中的什么东西有一种难以克制的反感。——我甚至认为,小说家"没有权利(在任何书刊上)表达自己的意见"。上帝难道说过自己的意见?这说明,为什么我心里有许多东西让我感到窒息,我想吐出来,却咽了下去。其实,有什么必要说出来!偶尔遇到的任何人都比居斯塔夫·福楼拜先生更有趣,因为此人更一般,因而也更典型。①

福楼拜在此指出,一般性、普遍性由客观性而来。只有像上帝一样冷静客观、不下结论,才能达到描写一般而非例外的目的。这也就意味着,如果作品是客观的,那么它就具有科学性和普遍性。

福楼拜强调艺术的普遍性和前瞻性,追求作品恒久的适应性,强调作品要反映普遍的人性,不为一时一事而作,而为历时世事而作。福楼拜反对针对性过强的作品。他说:"小说,在我看来,应该

---

① 1866 年 12 月 5 日致乔治·桑函,见 Gustave Flaubert, *Correpondance III*, Editions Gallimard, Paris, 1991, p.575。

是科学的,也就是说存在于一般性中。"①他认为,但丁《神曲》的第一部《地狱》缺乏普遍性,诗人在这里歌唱的只是一家、一族、一村的怨恨,它带有时间的戳记,今人是无法理解和认同的。且在他眼里,《黑奴吁天录》有偏窄之嫌,因为美国的奴隶一旦获得解放,这本书就会失去它的真实。艺术品应有客观冷静的态度,然而这本书的成功之处却是仇恨。这决定了它行之不远。福楼拜在批评这本书经不住时间考验的同时道出了另一项不满:不够客观冷静,用情太多,以致削弱了作品的力量。

福楼拜寻找一般意义上的人与人心。对别人给他的《包法利夫人》加上一个"外省风俗"的副标题很是恼火。因为他的既定目标是研究一般,而非特定。他不像巴尔扎克、左拉那样,认为文学应该教读者认知社会各部门的职能,对他来说,那只是副产品。

福楼拜对龚古尔兄弟的《菲洛曼娜修女》感到怀疑继而遗憾是因为:

> 菲洛曼娜修女是个圣徒(因而是个例外),为什么你们没有在她旁边再塑造几个一般意义上的修女,比如,那些极其愚蠢有时还极其粗暴的饲养家禽的姑娘们? 因为,无论巴尔尼叶(Barnier)怎么说,通常的情况是,"修女

---

① 1864 年 12 月 27 日致 Flavie Vasse de Saint-Ouen 函,见 Gustave Flaubert, *Correpondance III*, Editions Gallimard, Paris, 1991, p. 418。法语原文为:Le roman, selon moi, doit être scientifique, c'est-à-dire rester dans les généralités probables。

没什么正经的"，她们总以可怕的方式烦扰病人。甚至有专门的文学作品供她们阅读。我手头就有一本这类的教材，这教材荒唐得令人难以置信，是一个医科学生送我的。——不过我已料到你们会怎么回答我。你们不曾有过描绘医院各部门的奢望，要那样写，菲洛曼娜修女这个形象就会失去其重要性，对吧？而且作品的总体色调也许会因此受到损害，是吗？那又何妨！①

他很欣赏屠格涅夫的作品："您的作品既有特殊性，也有普遍性。在您那里，我重新感觉到了多少我曾体会过、感受过的东西！在《三次相遇》《亚科夫·帕森科夫》《多余人日记》等作品里，到处都是。"②作品之所以能引起读者深深的共鸣，正在于它具有普遍性。

第二节　客观面容的呈现

既然福楼拜的雄心壮志在于让人看不到却要处处可感，那么他又是通过什么方法隐藏自己，同时是怎样让别人感觉到自己的呢？

---

① 1861 年 7 月 8 日致龚古尔兄弟函，见 Gustave Flaubert, *Correpondance III*, Editions Gallimard, Paris, 1991, p. 161。
② 1863 年 3 月 16 日致屠格涅夫函，见 Gustave Flaubert, *Correpondance III*, Editions Gallimard, Paris, 1991, p. 310。

第一，化入其中。

不让自己现身并不是完全没有自己，而是要使自己像朝露一样，作品好比太阳，太阳一出，朝露就变成云雾升腾，融入了阳光，谁也认不出来了。在福楼拜看来，与莎士比亚相比，拜伦显得很渺小，原因就是前者客观，后者主观。"我们并不能想象出荷马、拉伯雷的样子，当我们想到天使米歇尔的时候，也只能是从背影看到如黑夜中火炬般一尊巨大的雕塑老人。"①因为荷马、拉伯雷和上帝同样都懂得在作品中把自己隐于无形，而不是让读者感觉到他们在自己的作品中充满自我。

在写作过程中，福楼拜努力克制自己的感情，不让其外显：

> 我进行得很慢。……写了五六页之后，我又把它们删了，这几页可是花了我整整几天的时间。在它们完成、力求尽善尽美、润色之前就能看到任何的效果，这在我来说是不可能的。这是一种愚蠢的工作方法，但是又能怎么样呢？我确信，那些被删掉的句子，在它们本身是最好的。不对自己洋溢的感情做出否定，是达不到效果的。②

福楼拜要求的是整体的效果，而不是单个句子的功用。整体

---

① 1852年4月3日致高莱函，见 Gustave Flaubert, *Correpondance II*, Editions Gallimard, Paris, 1980, p. 62。

② 1855年6月6日致布耶函，见 Gustave Flaubert, *Correpondance II*, Editions Gallimard, Paris, 1980, p. 581。

的效果就是要有客观的面容,只要是感情洋溢的句子,弃去毫不可惜。

且在《包法利夫人》中,福楼拜借爱玛的思考"悟出":

> 可是这样的幸福,想必也是一种欺骗,是编派出来安慰万念俱灰的人儿的谎言。她现在明白了,艺术夸张所渲染的激情,实在是微不足道的。①

爱玛和丈夫一起从永镇寺到鲁昂剧院去看戏。从第一场,那个名角拉加尔迪就开始拼命煽情。

> 他把露西娅紧紧抱在怀里,他把她撇下,他重又回来,他似乎绝望了;他勃然大怒,随即声音嘶哑地喘着气,哀婉动人之至,从那裸露的颈脖吟出的乐音,满含悲泣和热吻。爱玛俯出身去看他,指甲把包厢的丝绒给抓破了。凄哀的歌声,在低音提琴的伴奏下拖着长腔,犹如海难幸存者在风雨交加、波涛汹涌的海面上的哀号,占据了爱玛的全部身心。她从中听见的,是当初险些让自己走上绝路的痴醉若狂和焦虑不安。女演员的歌声在她犹如脑海中思绪的共鸣,犹如令她忘却生活中不快的幻觉。可是世上还没有人像这样地爱过她。那个最后的夜晚,他俩

---

①　[法]福楼拜:《包法利夫人》,周克希译,上海:上海译文出版社,2007年,第202页。

在月光下彼此说着"明儿见,明儿见! ——"的时候,他并不曾像埃德加这样泪流满面。剧场里响起震耳欲聋的喝彩声;演员重唱一遍赋格曲中的那段密接和应;那对情人说到他们墓上的鲜花,说到信誓旦旦和远走他乡,说到命运和希望,而当他俩最终诀别的时候,爱玛不禁失声尖叫起来,但叫声淹没在了幕终的和弦之中。

…………

可是这样的幸福,想必也是一种欺骗,是编派出来安慰万念俱灰的人儿的谎言。她(爱玛——笔者注)现在明白了,艺术夸张所渲染的激情,实在是微不足道的。因而爱玛尽力把思绪从中拉出来,想把这再现自己痛苦的表演,仅仅看作一种愉悦耳目的虚构之作而已,所以当一个裹着黑披风的男子出现在舞台深处的丝绒门帘下面的时候,她心里掠过一阵暗笑,觉得人家又可笑又可怜。①

艺术夸张所渲染的激情,最后只能沦为观众的笑料。男女演员埃德加和露西娅卖力的矫饰和造作的柔情,虽然也在演出过程中令爱玛全情投入,随之喜怒哀乐,浮想联翩。但这也只限于表演的当场,一旦剧终人散,爱玛把自己从幻想拉入现实的时候,以她那有限的文学修养和艺术水平,都能明白这种狂风暴雨般的感情只不过是歇斯底里罢了。虽然当时能赚得人们的唏嘘、狂喜、同情

———————————

① [法]福楼拜:《包法利夫人》,周克希译,上海:上海译文出版社,2007年,第200—202页。

和眼泪,一旦演出结束,马上被观众弃如敝屣,抛之脑后。

　　高高的天空布满星星,有的星成群地放着光,有的星一个接一个闪耀着,有的却孤零零的,相隔甚远。星星像一片明亮的尘埃从北方撒到南方,在他们头顶上分道扬镳。各个光点之间有很大的空间,苍穹犹如湛蓝的海洋,群岛和一个个小岛点缀其间。

　　"多大的数量呀!"布瓦尔惊呼。

　　"我们并没有看全!"佩库歇接过他的话茬说,"在银河的后边是星云,星云的那边还有星。离我们最近的星也距我们三十万亿公里。"

　　他从前经常去旺多姆广场用天文镜观天,现在还记得一些数字。

　　"太阳比地球大一百万倍;天狼星比太阳大十二倍;有些彗星长三千四百法里!"

　　"这简直让人发疯!"布瓦尔说。

　　他哀叹自己太无知,甚至为年轻时没有进综合理工学院读书而遗憾不已。

　　……

　　"太阳可是一动不动的!"

　　"过去都以为是这样,然而在今天,学者们却宣布太阳在朝武仙星座加速移动!"

　　这一点搅乱了布瓦尔的思维,他寻思片刻后说:"科

学是根据无限空间的一角数据建立起来的,它也许并不
适合人们尚不知道的其他地方,而那些地方远比地球大,
人们也不可能发现它们。"①

　　福楼拜借《布瓦尔与佩库歇》中两位主人公的讨论、思考,目的
只是想表明自己的思想:他认为作家应该像上帝一样,无处不在却
又无处可寻,从不下结论却可以给人思考。"艺术不下结论,凡是
有结论的地方,就有批评。"②即使是科学技术,也在不断进步,随着
它的不断发展,很多之前的结论会被推翻。况且,科学这一认识工
具本身,原本也是在对无限空间中有限事物的研究基础之上建立
起来的,本身就不具备普遍性,又怎么根据它来下结论呢!

　　他曾批评路易斯·高莱总是把构思和感情混淆,这样既削弱
了作者的构思,也妨碍作者享受自己的感情。作者不是没有感情,
也不可能做到冷漠无情,而是要把自己以及自己的感情隐于无形,
把自己成功地化入人物,做到无迹可求,这就需要技巧了。

　　　对我来说,《包法利夫人》本应是一次绝好的锻炼,却
很可能起了反作用,给我以后造成灾难,因为我将会极端
厌恶(这是我的意志薄弱和愚蠢)写庸俗环境的主题。正

　　① 〔法〕福楼拜:《福楼拜小说全集》(下),刘益庚、刘方译,北京:人民文
学出版社,2002 年,第 181—182 页。
　　② 转引自〔美〕雷纳·韦勒克:《近代文学批评史》(第 8 卷　法国、意大
利、西班牙批评　1900—1950),杨自伍译,上海:上海译文出版社,2006 年,第
44—45 页。

因为如此,这本书的写作才让我吃尽了苦头。因为我对我的人物极端反感,所以需要做出巨大的努力,才能想象出他们并让其说话。但当我写一些发自肺腑的东西时,速度很快。[1]

也就是说,福楼拜要和作品中的人物合二为一,设身处地为他们着想,思考他们在特定的环境中会怎样说,怎样做。把自己的感情投射在作品中,达到化境,从而把生活艺术化。艺术家的任务是给我们呈现艺术化的生活,而不是生活化的艺术。

　　我已精疲力竭。头上似有铁盔。从昨天下午两点钟开始(除去二十五分钟吃晚饭的时间),我一直在写《包法利夫人》。我处在整个的偷情行为中,此时我已经到达这个过程的中间环节:我的情人主人公们正大汗淋漓、口干舌燥。这是我生活中自始至终在幻象中度过的非常稀有的几天中的一天。今晚六点钟,当我写下"神经发作"(attaque de nerfs)这个词的时候,我异常激动,不禁大声吼叫,小包法利夫人所遭受的创痛我感同身受,以至于,我担心自己也要神经错乱了。我从桌边站起来,打开窗户以便让自己平静下来。我感到头晕目眩。直到现在我的膝盖、后背和脑袋还很疼。我像一个因房事过度(请原谅

　　[1]　1853 年 8 月 26 日致高莱函,见 Gustave Flaubert, *Correpondance II*, Editions Gallimard, Paris, 1980, p.416。

我这么说)极度亢奋之后而疲乏不堪的男人。……无论
如何,写作是一桩美事,这时你不再是你自己,而是融入
你所创造的所有宇宙万物。就说今天吧,男人女人合为
一体,我既是情夫又是情妇,在这秋日的午后,我纵马进
入黄叶飘零的树林,这时,我既是马,又是秋叶和微风,是
我的情人们倾诉的绵绵絮语,甚至是使他们满含爱意的
眼睛微微合拢的金色阳光。①

无论人生如何丑恶,在艺术家想象的世界里,都有其美丽的存
在。人物的经验,在艺术家"想象的真实"中,就成了他自己的经
验。于是艺术家的想象,因为不同人物事物的不同需要,幻化成无
数的形态,追求殊途同归的终极真实。这种精神作用,臻于最高的
境界,作者和他的人物便融为一体,甚至于影响到作者的现实生
活。例如福楼拜写信给批评家泰纳,追述爱玛服毒那一幕道:"我
想象的人物追赶着我,——或者可以说是我进入了他们的身体。
当写到包法利夫人服毒的时候,我确实感到了嘴里有砒霜的味道,
好像自己中了毒一样,一连两天消化不良,——两次真正的消化不
良,因为把饭全吐了出来。"②

这些都是福楼拜在写作《包法利夫人》时最真实最强烈的切身

---

① 1853 年 12 月 23 日致高莱函,见 Gustave Flaubert, *Correpondance II*,
Editions Gallimard, Paris, 1980, pp. 483 – 484。

② 1866 年 11 月 20 日(?)致泰纳函,见 Gustave Flaubert, *Correpondance
III*, Editions Gallimard, Paris, 1991, p. 562。

感受,他写到什么地方,自己的身心便在何处停留与投放,以至于自己不断变形,一会儿变成事物,一会儿变成人物,忽而陶醉又忽而恶心。长时间感情投射后,要花费很大的气力才能把易放难收的心思收回到现实生活中来。

第二,减少对话。

巴尔扎克喜欢组织戏剧冲突场景,场景由两个或多个人物饱含感情的或长或短的对话来建构。比如《贝姨》中,直接对话的篇幅几乎达到全书的一半。但是,在别的作家那里最能表现人物个性的对话,在福楼拜的小说里不仅比重大大缩减,不超过百分之二十,并且都是模式化的老套对话。福楼拜认为,不管愿不愿意或者有没有意识到,人们每天都在自觉不自觉地重复着那些很少承载个人感情和意图的对话。这也正是他在《庸见词典》里所要传达的意思。再者,吵架是对话的升级阶段,最高阶段的争吵是可以暴露人的本质的,所以读者看不到爱玛和丈夫吵架,她只是跟夏尔较劲,也跟她自己内耗。自己占上风时,爱玛不屑于数落丈夫:

> 爱玛跟他对面而坐,目光注视着他;她不是在分担他的耻辱,她想的是另一桩耻辱:自己居然会以为这么个男人还能有点儿出息,教训已有十次二十次之多,她怎么还没看透他的平庸。
>
> 夏尔在房间里来回踱步。靴子在地板上喀喀作响。
>
> "坐下,"她说,"你让我心烦!"
>
> 他重又坐下。

　　…………

　　"他莫非是外翻足?"冥思苦想的包法利蓦地叫出声来。

　　这句话猛不丁撞进她的脑海,有如一只铅球落进银盘,爱玛打了个激灵,抬起头来揣测他究竟想说什么;两人静静地对视着,不胜惊讶地感觉到,内心的意识已然使彼此相隔得如此遥远。

　　……

　　这时,夏尔心头若有所失,陡然涌上一股柔情,转身对着妻子说道:

　　"亲亲我,宝贝儿!"

　　"别碰我!"她气得满脸通红地说。

　　"你怎么啦? 你怎么啦?"他惊愕万分地连声问道。"你冷静些,镇定一下! 你知道我这是爱你呀! ……来吧!"

　　"够了!"她神色吓人地嚷道。

　　她走出客厅,把门砰的一声关上,震得气压计从墙上摔到地上,跌得粉碎。①

　　夏尔为伊波利特做手术失败后,爱玛只是想着自己"高估了丈夫"这一举动所带给自己的奇耻大辱,只是想着对其进行冷处理。

---

　　① ［法］福楼拜:《包法利夫人》,周克希译,上海:上海译文出版社,2007年,第164—166页。

夏尔在她眼前动弹她都觉得难以忍受,更不用说对其进行安慰了。她急匆匆地避瘟神似的一走了之,留下夏尔一个人独吞苦果。

丈夫占上风时,爱玛宁死都不会去恳求丈夫的原谅和宽恕。

能试的都试过了。现在已经毫无办法;等到夏尔回来,她就只能对他说:

"别往前走。你踩在上面的地毯已经不是我们的了。这屋里你连一件家具、一枚别针、一个草垫都没有了,是我把你弄得倾家荡产的,可怜的人哪!"

于是,先是好一阵啜泣,接着是痛哭流涕,而临了,惊魂甫定他就都原谅了。

"是的,"她咬牙切齿地低声说道,"他会原谅我,可是即使他给我一百万,我也不能原谅他当初认识了我……决不!决不!"

包法利居然会占她上风的这种想法,使她大为恼怒。可是,甭管她承不承认,不一会儿,没多久,明天,他照样会知道这件事的;所以看来她是非得等着这幕可怕的场景,非得承受他的宽宏大量这份重负不可了。她想到再去求勒侯:有什么用?写信给父亲:太迟了;在她听见小路上响起马蹄声的当口,也许她后悔起刚才没顺从另外那个男人来了。是他,他在开栅栏门,脸色比石灰墙还白。她蓦地跳起冲下楼梯,飞快穿过广场;正在教堂门前跟莱蒂布德瓦闲聊的镇长太太,瞧见她奔进了税务员的家。①

爱玛宁可再向其他什么人低三下四地去借钱,情愿后悔自己刚刚没有"卖淫",也不想面对自己的丈夫,跟他争吵甚至求饶,接受他占自己上风、宽恕自己!不!虽然她急缺钱,钱甚至能保住她的性命,但是他给她多少钱都决不!

甚至在吞下砒霜后,面对丈夫包法利关切的询问,爱玛都懒得理他。人之将死,其言也善,尽管一日夫妻百日恩,她却断然拒绝与他对话、和他争吵。她不屑,因为他不配!

"出什么事了?……这是为什么?……你告诉我呀!……"

她坐在写字桌前,写了一封信,慢慢地封好口,再写上日期和时间。

然后她语气很庄重地说:

"你明天再看;从现在起,我请你别再问我任何问题!……对,一句也别问!"

"可是……"

"哦!别来烦我!"

---

① [法]福楼拜:《包法利夫人》,周克希译,上海:上海译文出版社,2007年,第277页。

说完她直挺挺的在床上躺下。①

爱玛使丈夫名誉扫地,倾家荡产,却没有半点歉意;她有时间写信让丈夫明天再看,却不愿当面和丈夫多说一句话,甚至一个字。

福楼拜在 1867 年 4 月 1 日给布耶的信里谈到,左拉作品中的对话太多了。他表示,自己对小说中的对话存在仇恨。福楼拜通过减少对话,抽掉对话的本质性内容,成功地达到不下结论的目的。

第三,自由间接引语的运用。

福楼拜在作品中大量使用自由间接引语,因为他认为以直接引语形式呈现的对话会削弱文笔的力量。为了避免这一点,对话越简短越好,或使用间接引语。

福楼拜《包法利夫人》曾因"有伤风化,亵渎宗教"被告上法庭。有伤风化的主要原因是福楼拜"赞美通奸",书中有对爱玛与罗多尔夫通奸后爱玛容貌变美的欣赏和爱玛与莱昂在马车内鬼混的描写。第二个我们留待后面再谈,先来看爱玛因偷情变得光鲜美艳的场景。(之前爱玛犯了气闷病,在丈夫的鼓励下,她和罗多尔夫以治病为名,到户外骑马散心。她的"光鲜美艳"实为颠鸾倒凤后的气色大变。——笔者注)

当她在镜子里瞥见自己的脸时,她不由得吃了一惊。

_____

① 　[法]福楼拜:《包法利夫人》,周克希译,上海:上海译文出版社,2007年,第 287 页。

　　她从没见过自己的眼睛这样大，这样黑，这样深邃。有一种微妙的东西在她身上弥散开来，使她变美了。

　　她反复在心里说："我有情人了！我有情人了！"这个念头使她欣喜异常，就好比她又回到了情窦初开的年岁。爱情的欢乐，幸福的癫狂，她原以为已无法企盼，此刻却终于全都拥有了。她进了一个神奇的境界，这儿的一切都充满激情，都令人心醉神迷、如痴如狂。周围笼罩着浩瀚无边的蓝蒙蒙的氛围，情感的顶峰在脑海里闪闪发光，平庸的生活被推得远远的，压得低低的，只是偶尔在峰峦的间隔中出现。

　　于是她回忆起从前看过的书里的女主人公，这群与人私通的痴情女子，用嬷嬷般亲切的嗓音，在她心间歌唱起来。这种以身相许的恋人，曾令她心向往之，而此刻她自己仿佛也置身其间，也变成想象的场景中一个确确实实的人物，圆了少女时代久久萦绕心头的梦。此外，爱玛还尝到了一种报复的快感。她受的罪还不够多吗？而她现在胜利了，抑制已久的爱情，终于淋漓酣畅地尽情迸发了出来。她细细品味着这爱情，无怨无悔，无忧无虑。①

　　这一段是福楼拜不胜枚举的自由间接引语发挥效力的地方之一。他本来已经借这一引语混淆了视听，把自己藏于爱玛之后，但

①　[法]福楼拜：《包法利夫人》，周克希译，上海：上海译文出版社，2007年，第145—146页。

拿破仑第三的检察官们不知是神经过粗没有感觉到这一妙境,还是神经过敏,欲加之罪何患无辞。(据福楼拜说,是这本书的出版商得罪了人,他自己纯属受害者)

1912年,自由间接引语由瑞士的语言学家查理·巴利(Charles Bally)从理论上正式命名。查理·巴利曾经是索绪尔的学生,当时为日内瓦大学的讲师。在他之前,西方已有人注意到直接引语和间接引语的特殊融合,但直到查理·巴利才给予它明确的称谓,把它作为一种独立而有意义的文体形式加以研究。他认为,在这种文体形式中,叙述者尽管在整体上保留了叙述人的语气,没有采用戏剧性的讲话方式,但是在表达一个人物的话语与思想时,却将自己置身于人物的经历之中,在时间和空间上接受了人物的视角。

我们来看一下引语的四种模式,分析它们区别的同时,也可以得出自由间接引语的本质特征。

①直接引语:用引号标出的人物对话或内心独白。

她说:"我决定嫁给他了。"

她想:"我该给他一个惊喜。"

②自由直接引语:省掉引导词和引号的人物语言和内心独白。

我决定嫁给他。

我该给他一个惊喜。

③间接引语:叙述者以第三人称明确报告人物语言和内心独白。

她说她决定嫁给他。

她想她该给他一个惊喜。

④自由间接引语:叙述者省掉引导词以第三人称模仿人物语言和内心独白。

她决定嫁给他。

她该给他一个惊喜。

我们看出,相对于间接引语,自由间接引语绝不仅仅是去掉引导词的叙述者汇报那么简单,它似乎更接近小说人物的话语和观点,因为它在时间和空间上都接受了小说人物的视角,在表达人物的话语、感觉、印象、想象及回忆时,具有人物的生动性和直接性。

由此可以给自由间接引语下一个描述性定义:"自由间接引语是一种以第三人称从人物的视角叙述人物的语言、感受、思想的话语模式。它呈现的是客观叙述的形式,表现为叙述者的描述,但在读者心中唤起的是人物的声音、动作和心境。"①

自由间接引语最大的成效在于模糊了叙述者和人物的视线:看似是人物在说话,实际又有叙述者在规范和润色着话语,好像是叙述者在叙述,实际又有人物在表达自己的感受和看法,二者浑然一体,难解难分。作者很好地隐藏自己,达到了客观的效果。

我们看到,福楼拜在使用此技巧时是慢慢过渡的,这样可以使读者在不知不觉中被带入人物的心境,好像自己在与人物面对面交流,同甘共苦,同喜同悲,而没有了作者这一中间人做"障碍"。

我们上文引用的爱玛因与罗多尔夫通奸而变得容光焕发的三段描写中,第二段"她反复在心里说:'我有情人了! 我有情人

---

① 胡亚敏:《论自由间接引语》,载《外国文学研究》1989 年第 1 期,第 81 页。

了!'"一句,是直接引语。然后下一句悄悄转入自由间接引语,虽然它呈现的是客观叙述的形式,表现为叙述者的描述,但在读者心中唤起的是爱玛的欣喜之情。第三段中"于是她回忆起⋯⋯"这里有明显的引导词"回忆",所以尚属间接引语,下面一大段应该是间接引语的内容,但是读者明明能切身感受到这是爱玛的心理状态。所以,读者已经在浑然不觉中被作者巧妙地带到了爱玛的心里。

第四,多声部,多视角。

福楼拜擅用多声部、多视角的写作技巧来达到客观的效果。

例如:热衷于科学的奥梅在报纸上读到一篇盛赞一种矫治畸形足的新方法,就撺掇夏尔在金狮客店的伙计伊波利特身上大显身手,好名利双收。但是手术貌似不成功,因为病人"青灰色的肿胀蔓延到了整条小腿,东一处西一处的长满水疱,往外渗着黑色的脓水"。

逢上赶集的日子,那些来赶集的庄稼汉"围着他打弹子,拿球棒当剑耍,抽烟,喝酒,唱歌,大声嚷嚷"。

"你怎么样?"他们拍着他的肩膀说。"嚯!看上去有点蔫不唧儿的!"然后就说这是他自己不好,原该如何如何才对。

他们告诉他,有人用了别的治法,结果全治得挺利索;临了,他们用安慰的口气对他说:

"你呀,太娇气!别再老躺着了!瞧你有多舒服,就像个国王!哦!得啦,装模作样的老弟!你身上的气味可不怎么样!"

布尼齐安神甫一到,"先对病人表示了同情,但马上又说这是天主的旨意,所以他应当感到庆幸,赶快趁此机会请求天主的宽宥"。

"因为,"教士以慈父般的语气说道:"你有些疏忽自己的职责;诵日课经时难得见到你的人影;你有多少年没走近圣餐台了? 我明白,你活儿挺忙,又让俗事分了心,所以可能顾不上考虑灵魂的永生。而现在,该是思考这个问题的时候了。不过,你也别泄气;我见过有些罪孽深重的人,在行将面对天主接受审判的时候(我当然知道,你还没到这份上)苦苦哀求主的怜悯,他们终于都死得很平静很安详。希望你也能像他们一样,为我们提供很好的例证! 所以你要先做准备,不妨就每天早晚念诵一遍'礼拜圣母马利亚'和'圣父在天之灵'吧! 对,就算是为我,看在我面上,这样做吧! 这能费什么事呢? ……你答应我了?"

卡尼韦医生则讽刺道:"我们这些人,可就没这么大的能耐喽;我们既不是耍嘴皮的学者,也不是花花公子和纨绔子弟;我们是医生,是给人治病的,我们可不想去给一个好端端的人开上一刀! 矫治畸形足? 畸形足能矫治吗? 这不好比要把驼背扳直吗!"他断然声称必须截肢。

夏尔垂头丧气，苦思不得其解："也许，他说不定是在什么地方出了纰漏？他左想右想，想不出来。其实就连最有名的外科医生也会出纰漏。"……"他莫非是外翻足？"冥思苦想的包法利蓦地叫出声来。①

大家各持一端，自说自话，到最后我们也不知道到底手术失败的关键何在。读者所知道的并不比任何一个人物多，从而达到了预期的客观效果。

又如：莱昂和爱玛在无目的飞奔的马车里到底出了什么事？我们不得而知，只是随着小说中的旁观人物一同猜测：

> 车夫不时从车座上朝那些小酒店投去绝望的目光。他不明白车厢里的那二位究竟着了什么魔，居然就是不肯让车停下。他试过好几次，每回都即刻听见身后传来怒气冲冲的喊声。于是他只得狠下心来鞭打那两匹汗涔涔的驽马，任凭车子怎么颠簸，怎么东磕西碰，全都置之度外，他蔫头耷脑，又渴又倦又伤心，差点儿哭了出来。
>
> 在码头，在货车与车桶之间，在街上，在界石拐角处，城里的那些男男女女都睁大眼睛，惊愕地望着这幕外省难得一见的场景——一辆遮着帘子、比坟墓还密不透风的马车，不停地在眼前晃来晃去，颠簸得像条海船。

---

①　以上矫治畸形足的内容参见［法］福楼拜：《包法利夫人》，周克希译，上海：上海译文出版社，2007年，第160—165页。

　　有一回,中午时分在旷野上,阳光射得镀银旧车灯锃锃发亮的当口,从黄布小窗帘里探出只裸露的手来,把一团碎纸扔出窗外,纸屑像白蝴蝶似的随风飘散,落入远处开满紫红花朵的苜蓿地里。

　　随后,六点钟光景,马车停进博伏瓦齐纳街区一条小巷,下来一个女人,面纱放得很低,头也不回地往前走去。①

　　作者没有明确告诉我们两个人在偷情,这个信息只是读者通过综合小说中旁观人物的所见所思猜测出来的,文中并没有任何不洁的字眼或低俗的描写。这足以让我们确定,检察官拿这段说事、认定福楼拜有伤风化是故意找茬、恶意中伤了。因为作者多视角的处理就是为了达到客观效果,而不是表达自己的贬斥或者赞赏。

　　《包法利夫人》中有多处多声部描写,如包法利夫妇刚到永镇寺时,金狮客店的大厅里,一场平行交叉式的谈话在奥梅、包法利夫妇和莱昂四个人之间展开。莱昂与爱玛在教堂约会,多声部的出色对话在欲火中烧的莱昂、半推半就的爱玛以及极力想带他们参观教堂的侍卫之间上演。最出色的当推农业展评会的盛况了。参议员利欧万的讲话,罗多尔夫对爱玛的引诱,德罗兹雷先生的演讲,罗多尔夫与爱玛继续调情,人们催促老妇人上台领奖……然而

---

　　①　[法]福楼拜:《包法利夫人》,周克希译,上海:上海译文出版社,2007年,第221页。

所有的这些话都有一个特点,那就是没有任何意义。调情是老套的甜言蜜语,奉承恭维,扭捏作态,搔首弄姿;官员讲话只有一个调子,不是粉饰太平就是歌功颂德;得奖的可怜女人任劳任怨,愚昧无知。然而对这一切,福楼拜只是展示,从未挑明。这些需要读者积极参与才能得到自己独特的解读。

多视角、多声部的描写手法除了帮助作者隐藏自己的存在以及活动组织者的身份外,还能使我们直接走进每个人的内心,去体会他们的感受,读懂他们的思想,做到兼听而不偏信。作者从而避免了自己下结论,达到了客观的目的。

第五,增加描写,减少叙述。

福楼拜早期那些练手的戏剧和历史小说,对他的描写艺术产生了深刻的影响,他学会了用故事场景来代替作者的分析和叙述。相比之下,描写(la description)更多的时候是展示客观的环境,而叙述(la narration)更能体现作者的态度。所以,福楼拜借助增加描写以及运用独特的描写手法来达到客观的效果。

一是环境描写。

雨果的环境描写常常大肆渲染,充分显示自己的博学,有时甚至产生让读者厌烦以致跳过去,直接开始对故事的阅读都毫无影响的"效果",可见其笔下的环境描写与故事本身的关联并不是很大。《巴黎圣母院》一开始对圣母院的大篇幅描写即让人昏昏欲睡。

巴尔扎克习惯一开始就把故事发生的环境做一个总的交代,以达到一劳永逸的效果。但他忘了,还没有涉及人物与故事时的全方位交代,读者不会留下太深印象,待到读故事时,读者早已把这些交代忘得一干二净了,无法自己完成把环境与故事搭配起来的任务。

福楼拜由环境而集中写人物,使得作者始终和人物主体保持着一定的距离,呈现出更多冷峻的客观的格局。如《包法利夫人》中婚后单调的生活让爱玛心生厌倦:"而最让她受不了的,还是用餐的时刻,底楼的小餐厅里,炉子冒着水汽,门嘎嘎作响,墙壁渗着水,石板地湿漉漉的;她觉得面前盆子里盛着生活的全部痛苦,白煮肉的热气,勾起心底种种令人恶心的联想。"①

莱昂对包法利夫人的爱没有得到应有的回报,灰心失望之下,离开永镇寺去了巴黎。

> (他走后)第二天对爱玛来说是个阴郁的日子。周围的一切仿佛都笼罩着凄迷的雾气,它隐隐绰绰地在物件的外表上浮动;悲伤涌进她的心扉,带着哀怨的呻吟,有如冬天的风吹进废弃的城堡。那是一种对逝去的时光怅然的梦寻,是在某事无可挽回地有了结局时感到的疲惫,总之,这就是习惯的节律一旦中断、持续的震颤一旦停止时,您所会感到的那种痛苦。②

----

① [法]福楼拜:《包法利夫人》,周克希译,上海:上海译文出版社,2007年,第56页。

② [法]福楼拜:《包法利夫人》,周克希译,上海:上海译文出版社,2007年,第108页。

福楼拜没有冗长地分析女主人公的心理状态，只让事实本身来说明问题，而且说得直截了当。这样既避免了雨果式描写中与故事无关的冗余，又没有巴尔扎克式的故事描写中前后两张皮，最终到读者能派上用场时早已联系不上的后果，而是使环境和心境水乳合一，达到了通过环境对人物心境做客观呈现的效果。

二是场面描写。

《包法利夫人》中小的场面描写非常多，最大最集中的是农业展评会的场面展示。来看其中两小段：

> 人群从镇的两头拥上大街。夹弄、小巷、街屋也都有人流汇聚过去，不时能听见门环落下的声响，那是戴着纱手套的女主人出门去观瞻庆典的盛况。最让众人交口称赞的，是那两株高高的紫杉，上面缀满彩灯，中间正是安排当局人士入座的主席台；更令人叫绝的，是镇公所门口的四根柱子上绑着四根长竿子，分别挑出四面浅绿色的小旗，上面写着金字。只见一面上写着："推动商业"；另一面上写着："促进农业"；第三面上是："发展工业"；第四面上是："弘扬艺术"。①

> 草坪上愈来愈挤，主妇们撑着大伞，挎着篮筐，带着孩子挤来挤去。时不时会迎面碰到一长列乡下姑娘，得

①　［法］福楼拜：《包法利夫人》，周克希译，上海：上海译文出版社，2007年，第116—117页。

给她们让路,这些帮工的村姑穿着蓝袜子、平底鞋,戴着银戒指,从她们身边走过,闻得到一股牛奶味儿。她们手牵着手在草坪上往前走,从那行山杨树到设宴的帐篷,都有她们的身影。不过,这会儿评审的时间到了,这些农夫村妇一簇簇地拥进一个类似赛马场的圈地,圈地四周敲了木桩,揽了绳子。

牲畜都围在里面,鼻子朝向绳子,臀部参差不齐地排成一列。没睡醒的猪用嘴筒拱着土;牛犊和母羊的叫声,哞哞咩咩地此起彼落;母牛屈起后腿,肚皮贴在草地上,一边慢悠悠地反刍饲料,一边眨着沉甸甸的眼皮,任凭小飞虫嗡嗡营营地在头上打转。种公马直立起来,张大鼻孔在母马边上嘶鸣,车把式们光着膀子,抓牢它们的笼头。母马静静地伸长颈项,垂下马鬃,小马驹在它们的庇荫下歇息,或者有时走过来唰几口奶;在这片绵延起伏的牲畜队列之上,一眼望去,只见雪白的鬃毛迎风飘拂,牲畜尖尖的犄角和奔跑着的人的脑袋时隐时现。百米开外,栅栏门外,有一头黑黝黝的大公牛套着嘴罩,穿着鼻环,伫立着不动,有如一尊青铜铸像。一个衣衫褴褛的小孩手里牵着牛绳。①

---

① [法]福楼拜:《包法利夫人》,周克希译,上海:上海译文出版社,2007年,第121页。

福楼拜在信中明确表态："不要说，要展示。"①因为描写比叙述能更加客观地展示事物和人物，所以受到了福楼拜的钟爱与强调，进而在他笔下得到了发展。

福楼拜认为，伟大的艺术应该是科学的、客观的。在创作方法上，应该努力设想自己处于小说中人物的地位，这是必要的，但不能让小说中的人物来迁就自己。

他赞美伊万·屠格涅夫："然而，在您身上大家还没有夸奖到家的，是您的心灵，即您经久不衰的激情，一种说不清楚的深沉而又隐秘的同情心。"②也就是说，无论是作者的见解还是作者的感情，都可以隐秘地传达出来，却不可以说出来。得出间接暗示的意义是读者自己的责任。福楼拜呼吁："艺术应该在个人的感情和神经过敏之上！现在该是通过无动于衷的方法（la méthod impitoyable）给它一种科学的精确的时候了！"③

人生如白驹过隙，所能经历的时间和空间都有限。面对浩瀚无穷的大千世界、芸芸众生，任何一个人在有限的人生中所看到的

---

① 1853 年 1 月 3 日致尚特比小姐函，见 Gustave Flaubert, *Correpondance II*, Editions Gallimard, Paris, 1980, p.232。法语原文为：donc il ne faut pas le dire, mais le montrer。

② ［法］福楼拜：《福楼拜小说全集》（下），刘益庚、刘方译，北京：人民文学出版社，2002 年，第 552 页。

③ 1857 年 3 月 18 日致尚特比小姐函，见 Gustave Flaubert, *Correpondance II*, Editions Gallimard, Paris, 1980, p. 691。法语原文为：Et puis, l'Art doit s'élever au-dessus des affections personnelles et des susceptibilités nerveuses! Il est temps de lui donner, par une méthode impitoyable, la précision des sciences physiques!

都是这个世界的一些片段，所得到的都是一己有限的管窥蠡测，终究难窥堂奥。哲学家、历史学家也好，文学家也罢，所积累的都是自己直接或间接取得的经验，这些经验都处于一定的历史场景，它们最终也要被湮没在历史的长河之中。所以，作者能做到的只是制作，然后沉默；展示，继而隐匿。

第六，不囿于流派。

科学人士或许会同意一条共同的行动路线，而艺术的要求之一却是个人完全而绝对的独立。富于创造力的艺术家，只有当他彻底我行我素的时候，而不是为了拉帮结派的缘由放弃自己那宝贵个性的任何一部分的时候，他才能创作出他所能奉献给世界的最优秀的作品。当然，绝对的个人主义在艺术中是不可能的，有意无意地、自愿或非自愿地，还是会形成一些团体。并且，只有在艺术传承中，在同辈人的支持和鼓励中，艺术家才不会枯萎，才有可能达到艺术的高峰。但前提是，艺术家必须能够有独立的人格及自由的精神，能够自由地表达自己。

文学史中，为了叙述的方便，习惯把每个作家归入一个主义或流派，为此在我国的文学史及文本研究中，福楼拜因其对中产阶级的强烈不满与无情讽刺而常常被归入批判现实主义，如吴岳添的《法国文学简史》（上海外语教育出版社，2005）。郑克鲁在《法国文学史教程》（北京大学出版社，2008）中认为，福楼拜早期试笔受到浪漫派的影响，而后继承了巴尔扎克描写当代生活的现实主义传统，而他某些极度写实的描写，如《萨朗波》中对残酷的战争手段的描写又与自然主义相通。陈振尧《法国文学》（外语教学与研究出版社,2000)认为,福楼拜是 19 世纪法国现实主义文学的一代宗师。但是,福楼拜进入中国之初,是作为自然主义作家被引荐的:《小说月报》1921 年第 12 期刊载的茅盾先生的《纪念佛罗贝尔的百年生日》一文中写道:"佛罗贝尔呢,即使不能算是自然主义之母,至少也该算他是个先驱者。"①

国外学术界更多的时候把他归入自然主义阵营。如布吕纳介在《自然主义小说》中称福楼拜是真正的自然主义的先驱。于斯曼把福楼拜看成左拉的一位自然主义兄弟。自然主义的代表人物左拉本人也说过,福楼拜是"自然主义之父"。圣伯夫曾指出福楼拜《包法利夫人》中的自然主义倾向:"有名的医生的子弟,福楼拜先生捉笔就和别人操刀一样。解剖家与生理家,处处让我重新见到你们!"②也有人针对福楼拜早期作品深受当时流行一时并为福楼拜所青睐的浪漫主义的影响,而把他归入浪漫主义,如米歇尔·莱蒙说:"如果说有一种福楼拜式的浪漫主义的话,那么,这就要到他年轻时代的作品中去寻找。"③如今被誉为后现代主义文学主潮的新小说派视福楼拜为现代小说的先驱。新小说派女作家娜塔莉·萨罗特在《先驱福楼拜》中,提出福楼拜是一位现代小说家,《包法利夫人》开创了新的心理学。(载《见证》杂志 1965 年 2 月号)

福楼拜不承认自己属于任何流派,而且对人们给予他的"现实

---

① 沈雁冰:《纪念佛罗贝尔的百年生日》,载《小说月报》1921 年第 12 期。

② 李健吾:《福楼拜评传》,上海:商务印书馆,1935 年,第 3 页。

③ [法]米歇尔·莱蒙:《法国现代小说史》,徐知免、杨剑译,上海:上海译文出版社,1995 年,第 116 页。

主义"或"自然主义"称号感到恼火,拒绝任何人给自己贴上"主义"的标签。他认为,好的作品是超越流派的:"一句好诗,是无关流派的。布瓦洛的好诗句也是雨果的好诗句。"①据李健吾先生解读,福楼拜终生未婚的缘由是:"人生最高的努力是跳出物质的困惑,而通常男女之爱却加倍显示它的威武。所以福氏克制情欲,同时浪漫的生性也不允许他接受中常的人生。"②既然福楼拜生性浪漫,遗世独立,极力创新,绝不守成,不喜欢受到任何的束缚,而任何流派都会有一些共同的艺术特征,都意味着遵守一定的成规,那么流派的归属对他来说无疑是不可忍受的。

福楼拜对当时所有的流派都提出异议,声明自己不属于任何流派,这也是他自己所标榜的"客观"的一种体现,这样他达到了"撇清"自己、把自身置于客观状态的目的。

一是对待浪漫主义的态度。

其实福楼拜在创作的中后期已经超越了浪漫主义,他与浪漫主义的代表人物乔治·桑在信函中所进行的论战是有目共睹的,并且,他在《布瓦尔与佩库歇》中借人物之口委婉批评乔治·桑:

> 布瓦尔曾向佩库歇吹嘘过乔治·桑,所以佩库歇开
> 始阅读《康素爱萝》,《贺拉斯》,《莫普拉》。那些作品捍

---

① 1853 年 6 月 25 日致高莱函,见 Gustave Flaubert, *Correpondance II*, E-ditions Gallimard, Paris, 1980, p. 362。法语原文为:Quand un vers est bon, il perd son école. Un bon vers de Boileau est un bon vers d'Hugo。

② 李健吾:《福楼拜评传》,上海:商务印书馆,1935 年,第 30 页。

卫被压迫者的倾向,它们的社会意义和共和思想,以及其中的论断都使他为之倾倒。

在布瓦尔看来,那些论断全都损害了故事情节,所以他向借书处要了一些爱情小说。

他俩轮流大声念完了《新爱洛伊丝》,《苔尔芬》,《阿尔道夫》,《乌丽卡》。① 然而,听的人打哈欠感染了朗读的人,书本随即从后者的手里掉到地上。

他俩一致责备那些作者从不描写社会环境、时代和人物的衣着。他们只顾探讨人物的心理,只顾写感情!仿佛世界上不存在别的东西似的!②

福楼拜批评乔治·桑的作品或者是承载了太多艺术之外的意义,或者是只顾抒发自己的感情,而不顾客观真实,并且频发的论断也损害了故事情节的连贯性和整体性,结果只能让人昏昏欲睡,只好将其抛弃,改换他书,以期更新口味。

1852 年 4 月 24 日,在致高莱女士的信里,福楼拜批评浪漫派作家拉马丁的小说道:

这需要拉马丁具备他所缺少的人格的独立、人生的

---

① 《新爱洛伊丝》的作者是卢梭,《苔尔芬》的作者是斯塔尔夫人,《阿道尔夫》的作者是雅曼·贡斯当,《乌丽卡》的作者不详。以上提到的均系浪漫主义小说。

② [法]福楼拜:《福楼拜小说全集》(下),刘益庚、刘方译,北京:人民文学出版社,2002 年,第 243 页。

> 医学的眼光、真理的视角,总之,这是唯一能达到情感的卓越效果的方法。①

这就是说,要想达到抵于情感的最佳效果,作者首先要抛开一己的关联,或者切身的情绪,了解医生的第三者人格,不是没有情绪,而是要吞下去,只能让人从他用药的奇效中,见出他情绪的深沉。

> 前天,我躺在床上几乎看完了整整一卷拉马丁的《复辟王朝史》(滑铁卢战役)。这位拉马丁是怎样平庸的一个人啊!他没有理解走下坡路的拿破仑的卓越之处,也不理解巨人对打败自己的侏儒的狂怒。——里面没有激动人心的东西,没有崇高的、生动的东西。比较之下,甚至连大仲马的作品都算得上雄浑、高超了。在描写滑铁卢方面,夏多布里昂尽管更有失公允,或者不如说更带侮辱性,却比他高明多了。——多么可悲的语言!②

> 必须坚持饮源头活水,而拉马丁却是个水龙头。③

---

① 1852 年 4 月 24 日致高莱函,见 Gustave Flaubert, *Correpondance II*, E-ditions Gallimard, Paris, 1980, p. 78。

② 1853 年 9 月 2 日致高莱函,见 Gustave Flaubert, *Correpondance II*, Editions Gallimard, Paris, 1980, p. 425。

③ 1853 年 9 月 16 日致高莱函,见 Gustave Flaubert, *Correpondance II*, E-ditions Gallimard, Paris, 1980, p. 432。

水龙头的作用只是上通下达,即拉马丁本人成了传声筒。

浪漫主义诗歌的故作悲伤、感情冲动和矫揉造作成了福楼拜尽情嘲笑的对象:"啊! 这就是我们追随拉马丁的那帮蠢货! 一群恬不知耻、没心没肺的恶棍! 他们的诗简直让人作呕。天哪! 我要吐了!"①拉马丁的作品给我们的是一大堆"无病呻吟的青涩烦恼……这是一种太监气质,缺乏男子汉的阳刚之气,连撒尿都是轻柔、舒缓而曼妙的"②。

在《包法利夫人》中,福楼拜认为,爱玛之所以"气质不是艺术型的,而是多愁善感型的,她寻求的是情感,而不是景物",毒素之一就是浪漫主义小说。爱玛读过的浪漫主义作品中,其作者被福楼拜点了名的有贝尔纳丹-德·圣皮埃尔(1737—1814)、夏多布里昂(1768—1848)、拉马丁(1790—1869)、雨果(1802—1885)、欧仁·苏(1804—1857)和乔治·桑(1804—1876)。这就解释了为什么拉马丁对福楼拜的态度会有一百八十度的大转弯。

1857 年 1 月 25 日,福楼拜拜望拉马丁时,拉马丁曾答应给《巴黎杂志》写一封信,让塞纳尔在法庭上替福楼拜的《包法利夫人》辩护时当众引用。但是 1857 年 2 月 11 日,福楼拜在致莫里斯·施莱辛格的信中说:"德·拉马丁先生没给《巴黎杂志》写信,他过分吹嘘我的小说取得的文学价值,同时宣称此书玩世不恭。他把我比

---

① 1853 年 4 月 20 日致高莱函,见 Gustave Flaubert, *Correpondance II*, Editions Gallimard, Paris, 1980, p.310。

② 1853 年 4 月 6 日致高莱函,见 Gustave Flaubert, *Correpondance II*, Editions Gallimard, Paris, 1980, p.299。

作拜伦爵士,等等!这不错;但我更喜欢少来点夸张,同时少来点保留意见。他无缘无故来向我道喜,然后在关键时刻丢下我不管。总之,他对我的所作所为根本不像一位高尚的人,他甚至对我食言。不过我们仍然保持着不错的关系。"①

拉马丁之所以会有如此小人的举动,很可能是看到了《包法利夫人》中福楼拜批评自己这一细节因而怀恨在心。

对雨果推崇想象这一点,福楼拜也是颇有微词的。在《克伦威尔·序》中,雨果把"滑稽丑怪"(Le Grotesque)提升至"崇高"的地位,同时创造了钟楼怪人、冰岛大盗来证实自己的理论,并且塑造了集道德、力量与智慧为一身的英雄冉·阿让。对此,福楼拜向乔治·桑谈了自己的看法:"我一直努力使自己深入事物的灵魂,停留在最广大的普遍性上,并且有意地避开偶然性和戏剧性。没有妖怪!没有英雄!"②福楼拜并非反对想象,他的《圣安东尼的诱惑》并不缺少想象。只是他倡导的还是对现实的观察。圣安东尼的想象是在梦中,做梦可以任想象自由驰骋,而雨果所要给读者呈现的却是时隔不远的现实人物,身边的人物如此超常,就不符合福楼拜的真实和美的原则了。但是对雨果的成就,福楼拜从来是不吝赞美之词的。福楼拜盛赞并推荐雨果的《历代传说》③:"多么热情,多么有力,多好的语言!在这样一个人之后再写作是多么失望

①　1857 年 2 月 11 日致莫里斯·施莱辛格函,见 Gustave Flaubert, *Correpondance II*, Editions Gallimard, Paris, 1980, p. 681。

②　1875 年 12 月 31 日致乔治·桑函,见 Gustave Flaubert, *Correpondance*, Editions Flammarion, Paris, 1981, p. 513。

③　*La Légende des siècles*,雨果的诗集。

啊。读并且消化它吧,因为它很美很神圣。"①1853 年 7 月 15 日,他在给高莱的信中说:"《巴黎圣母院》是一件多么美的东西啊!最近重读了乞丐们攻打教堂的三章,写得非常有力量。我认为天才首要的特点,是雄健有力!"②

以上足见福楼拜只是为了维护文学的艺术性对作家进行或褒或贬,或赞扬或批评,而从来不是针对某个人进行人身攻击。对某个作家的作品,他决不遮蔽优点,但是也从不放过缺点。

二是对待现实主义的态度。

1855 年,画家库尔贝(Gustave Courbet)将"现实主义"的标签贴在了屋子门口。1857 年,小说家尚弗勒里(Champfleury)名为《现实主义》的论文集出版。杜朗蒂也编了一本寿命很短的《现实主义》杂志,明确表示:"艺术应当忠实地表现这个真实的世界,因此,它应该通过精微的观察和仔细的辨析来研究当代的生活和风俗,它应该不动感情地、非个人地、客观地表现现实。"③作为团体、运动和口号的现实主义诞生了。"现实主义并不是铁了心地逼真再现日常生活,而是放弃追求美化的修辞,摒弃从专制主义那里继

<hr>

① 1859 年 10 月 8 日致尚特比小姐函,见 Gustave Flaubert, *Correpondance III*, Editions Gallimard, Paris, 1991, pp. 45－46。
② 1853 年 7 月 15 日致高莱函,见 Gustave Flaubert, *Correpondance II*, Editions Gallimard, Paris, 1980, p. 385。
③ [美]R. 韦勒克著,刘象愚选编:《文学思潮和文学运动的概念》,北京:中国社会科学出版社,1989 年,第 220 页。

承下来的体裁等级观念"①。结果是画家的作品遭到了科学院社交界的拒绝,小说也因被认为是粗鲁人群的文学作品而被拒之门外。"在福楼拜的时代,'现实主义'一词不过刚刚产生,还没有获得后来那么丰富的涵义。当时这是个代表'丑陋''鄙俗'的贬词,资产者用以讥讽那些敢于描绘人民群众日常生活的画家。而今天被我们称作现实主义作家的巴尔扎克、斯丹达尔等,在法国却一直被列入浪漫主义的行列。"②如在丹麦勃兰兑斯《十九世纪文学主流》第五分册《法国的浪漫派》中,不仅雨果、乔治·桑,连巴尔扎克、司汤达、梅里美、戈蒂耶、圣伯夫都被归入了浪漫派。那时候,福楼拜的作品所体现的被认为是一种"浪漫主义的个人主义"。

加之尚弗勒里认为形式居于低等层次,思想占据统治地位,作家由此被分为形式主义者和真实主义者两类,那么,把形式看得至高无上的福楼拜理所当然该归入与尚弗勒里相对、为尚弗勒里所不齿的形式主义者行列了。至于尚弗勒里讽刺浪漫主义的言辞:"无视自己的时代,企图从往昔的岁月里掘出僵尸,再给它们穿上历史的俗艳服装"③,也把福楼拜的《萨朗波》骂个正着,所以福楼拜是无论如何也不敢苟同现实主义的要义的。

---

① ［法］安东尼·德·巴克、弗朗索瓦丝·梅洛尼奥:《法国文化史Ⅲ——启蒙与自由:十八世纪和十九世纪》,朱静、许光华译,上海:华东师范大学出版社,2006年,第232页。

② 转引自艾珉:《法国文学的理性批判精神——从拉伯雷到萨特》,北京:北京大学出版社,1991年,第183页注释2。

③ ［英］达米安·格兰特:《现实主义》,周发祥译,北京:昆仑出版社,1989年,第31页。

这里应该表明的是,福楼拜从来没有片面强调形式而荒废内容之意,我们在前文已有阐述。只是在二者有冲突之时,他会偏向形式美一边。如我们之前提到的为避免"de"的重复,把"橘树花编的花冠"(une couronne de fleurs d'oranger)改为"橘树条编的花冠"(une couronne d'oranger)。

左拉也声明,福楼拜是不同于巴尔扎克和司汤达的,后二者由于一种错误的浪漫主义而受到了损害,像《红与黑》此类的作品和于连此类的人物,已经"完全超出了日常的真实,超出了我们所力求表现的真实;心理学家司汤达,就像小说家大仲马一样,把我们齐颈地投入了罕见的离奇事件中"①。巴尔扎克虽然在他的系列作品中有对日常生活的大量表现,但它们只是服务、衬托壮丽的大事件的手段,福楼拜的伟大要素在左拉看来,最重要的是摒除了浪漫主义和主观主义的特质,"偶然事件本身都是平平常常的……一切异乎常情的虚构都被排除掉了"②,日常生活都是以原生态的方式展开的。

在致乔治·桑的信中,福楼拜毫无动摇地说:"请注意,我憎恨人们时下称为现实主义的东西,即使他们奉我为现实主义的权威。"③

---

① 《左拉诞生百年纪念》,见中国社会科学院外国文学研究所外国文学研究资料丛刊编辑委员会编:《卢卡契文学论文集》(二),北京:中国社会科学出版社,1981 年,第 421 页。
② 《左拉诞生百年纪念》,见中国社会科学院外国文学研究所外国文学研究资料丛刊编辑委员会编:《卢卡契文学论文集》(二),北京:中国社会科学出版社,1981 年,第 421 页。
③ [英]达米安·格兰特:《现实主义》,周发祥译,北京:昆仑出版社,1989 年,第 29 页。

在《布瓦尔与佩库歇》这部批判一切、怀疑一切的巨著中，福楼拜同样"借刀杀人"，对现实主义的伟大作家巴尔扎克的作品颇有微词：

> 巴尔扎克的作品使他们惊叹不已，既像宏伟的巴比伦王国，又像显微镜下的一粒粒尘埃。在最平凡的事物中会突然出现崭新的方面。他们从没有想到描写现代生活会具有如此的厚度。
>
> "那是怎样一位观察家呀！"布瓦尔大声说。
>
> "我呢，我认为他富于空想，"佩库歇终于说出来，"他相信神秘的占星术，信任君主政体和贵族；他赞赏无赖，写几百万或写几分钱一样激动人心；他笔下的市民不是市民，倒是些巨人。为什么夸大本来很平凡的事，为什么描写那么多蠢事！他就化学写了一本小说，就银行写了另一本小说，还就印刷机写了一本，如某个冒充'出租马车夫'，冒充'挑水夫'和'椰子商贩'。在所有的职业里，在每个省，每个城市，每家住宅的每一层楼，每个人都有这类故事，那已经不是文学，而是统计学或人种志。"①

在福楼拜看来，巴尔扎克有夸大事实之嫌，违背了自己追求的呈现生活原生态、追求客观真实的目标，并且巴尔扎克的文学已经太过靠拢科学而缺乏了艺术性，有滑向统计学的危险。

---

① ［法］福楼拜：《福楼拜小说全集》（下），刘益庾、刘方译，北京：人民文学出版社，2002年，第244页。

福楼拜通过细节进入平凡的日常生活,同时有着美的诉求。他否认自己是现实主义者,因为他认为,现实主义以再版枯燥无聊的现实为目标,而他竭力追求的则是艺术真实,是美。

枯燥乏味是生活的常态,所以反映现实生活的小说惹读者发烦始终是令作家备感恐惧的一件事,这就诱使或迫使作家在作品中插入一些离奇曲折、激动人心的情节来缓解枯燥。但是,福楼拜通过使用他那以一系列图景或场面向前推进的手法,取代了巴尔扎克那种由情节、高潮和结局构成的框架,让人感受到的是时间的流逝而不是凝聚的强烈效果。福楼拜的文笔之美同样避免了枯燥乏味的风险,对文笔之美的一贯坚持,显示出他写作手法的高超。

三是对待自然主义的态度。

就实际创作活动而言,福楼拜确实曾介入"梅塘集团"①和"五人聚餐会"②,对自然主义的创作活动客观上有过很大的推动作用,左拉称其为"自然主义之父"。但是,福楼拜主观上却对自然主义及其创作取向多有不满。如1876年在致屠格涅夫的信中,他批评左拉道:"如果你星期一读他的文章,你就会看到他怎样以为自己已经发现了'自然主义'! 至于作为两种永恒因素的诗歌和风格,

---

① "梅塘集团"是19世纪法国文坛由六位作家组成的文学创作团体。它以左拉为核心,以巴黎郊外左拉的梅塘别墅作为主要活动场所而得名。当时,一群作家聚集在左拉周围,结成了"梅塘集团"。这些作家是保尔·阿莱克西(1847—1901)、昂利·塞阿(1851—1924)、莱昂·埃尼克(1851—1935)、于斯曼(1848—1907)和莫泊桑(1850—1893)。

② 其为都德与福楼拜、左拉、埃德蒙·德·龚古尔和俄罗斯作家屠格涅夫组成的文学团体。

他甚至连提都不提。"①福楼拜把左拉的此种倾向命名为"唯物主义",他在同一封信中说道:"这种唯物主义使我愠怒,最近每当星期一读左拉的文章时,我都激动万分。在现实主义者之后,出现了自然主义者和印象主义者。这是一种什么样的进展!一群轻浮的家伙……"②福楼拜对左拉此类的"唯物主义者"是难以忍受的。福楼拜说过,现实于他而言只配做艺术的一块跳板,而唯物主义、自然主义和印象主义在他看来统统被所谓的真实和现实的种种事物牵绊。

说到自然主义在写作中所夸大的"遗传"的作用,福楼拜虽也认可,但却是有所保留的。他认为,如果我们能够知道自己真正的世系,很多事情就会迎刃而解。因为人的组成元素毕竟有限,同样的组合本该再现。所以,遗传是一种正确的原理,不过被人们错用罢了。

福楼拜过世后直至今日,他被批评家与研究者冠以后现代主义各个流派的帽子。如由源自罗兰·巴特、热拉尔·热奈特、乔纳森·卡勒、格雷厄姆·福尔考纳等对福楼拜作品所做的符号学分析,发展至 20 世纪 80 年代的国际福楼拜研讨会上,无节制地拓展这一阐释的可能,并在会后结集出版的《福楼拜和后现代主义》,诸如此类的种种言行,福楼拜若泉下有知,不仅不会领情,还会暴跳

---

① ［英］达米安·格兰特:《现实主义》,周发祥译,北京:昆仑出版社,1989 年,第 38 页。

② ［英］达米安·格兰特:《现实主义》,周发祥译,北京:昆仑出版社,1989 年,第 57 页。

如雷,极力反对。

　　一些把福楼拜归入某派、某主义的说法,福楼拜生前没有来得及反对,去世后就更不可能去驳斥后人给予他某某流派的先锋、先驱、奠基人之类的称谓了。

　　不管是各种主义为自己追根溯源、攀龙附凤也好,还是各种批评与研究牵强附会、过度地阐释与理解福楼拜本人及其作品也罢,都只能是一厢情愿。福楼拜是真正的独立不羁之士,不愿意被任何的流派党团归类、编队、俘虏。

　　我们不该用一种单一的"主义"去概括和界定福楼拜的文艺思想。因为,一方面从他的创作原则来看,他本人极力反对为某种气质所限制,追求人格独立、思想自由的创新状态,绝不囿于一流一派的"规格"创作。另一方面,从他的创作实践着眼,他的作品确实也与各种主义有着明显而根本的不同。他的小说没有浪漫主义作品的情感泛滥,有的是隐藏自己于无形,力图使作品呈现出客观面容的追求;没有浪漫主义因为要遵守对照原则而对生活与人物的夸张失实,只是对人生做真实平凡的描绘。现实主义,尤其是批判现实主义,承载着太多艺术之外的政治与社会诉求,在福楼拜看来,这也是对艺术的亵渎。自然主义所强调的描写的客观性和细节的真实性虽是与福楼拜的追求相吻合的,但是自然主义小说家将科学实验的方法运用于文学创作,对现象做静态的生物学的描述,重视生理学达到荒唐的地步:让它承担关于人类命运的一切责任,而没有去精心组织材料、运用写作技巧去展示艺术本该呈现的美。总之,浪漫主义的夸张与感情泛滥为福楼拜不能容忍,现实主义与自然主义对美的忽视也被福楼拜极力反对。

实际上,每一个"主义"的界定,也都是大致而言,任何概念都难以涵盖某个历史时期纷繁复杂、丰富多变的文艺思想和流派,以及包罗万象、千姿百态的文学作品。

第三节　褒贬人类的普遍效果

在福楼拜那里,作品的普遍性即它的一般性和科学性。

福楼拜所理解的"科学"包括三方面的含义:其一为科技成果,即在作品中反映飞速发展的科学知识;其二为科学的态度,即在创作的准备阶段,无论是书斋中的查阅、整理与消化资料,还是身体力行的仔细观察、实地考察与真切体验,都应该有实证主义的科学态度;其三为科学性,即艺术的科学化,作品须具有普遍性和一般性。福楼拜说:"小说,在我看来,应该是科学的,即存在于一般性中。"[1]

科技成果的展现在福楼拜的作品中不胜枚举。如《包法利夫人》中药剂师奥梅三句话不离科学术语、业内行话,尽管此人的科学大多是道听途说、断章取义、错误百出的伪科学。

---

[1]　1864 年 12 月 27 日致 Flavie Vasse de Saint-Ouen 函,见 Gustave Flaubert, *Correpondance III*, Editions Gallimard, Paris, 1991, p. 418。法语原文为:Le roman, selon moi, doit être scientifique, c'est-à-dire rester dans les généralités probables。

包法利夫妇刚由托斯特到永镇寺的时候,奥梅跟新人们介绍道:

　　在咱们这地区行医,不会太受累的;因为这儿的道路都能通马车,一般来说,诊金也相当可观,那些庄户人家手头都挺宽裕。就病症而言,除了肠炎、气管炎、胆道感染等等,收割季节偶尔还会出现些间歇热病例;但总的来说,情况都不严重,没有什么特别要交代的,只不过瘰疬病人很多,这想必跟农家卫生状况太差有关。喔!您会发现有许多偏见有待纠正,包法利先生;您按科学所作的种种努力,无时无刻不会在顽固的陈规陋习面前碰壁;因为人们还是宁愿求助于九日经、圣物和本堂神甫,也不肯爽爽快快地来看医生或者找药剂师。然而,这儿的气候,说实在的,确实不错,这个镇上还数得出好几个九十岁的寿星呢。气温计(我定时进行观察)冬天只降到四度,大暑天呢,至多在摄氏二十五到三十度之间,换算成列氏不会超过二十四度,折合成华氏(英国温标)就是五十四度,不会更高了! ——要说呢,咱们这是一方面靠阿盖依森林挡住了北风,另一方面靠圣让山坡挡住了西风;不过,河流在蒸发水汽,原野上又有那么些牲畜,您知道,它们呼出大量的氨气,也就是氮、氢和氧(不,只有氮和氢),这样就形成了一股热气,这股热气促使地面腐殖土中的水分蒸发,又跟各种各样的挥发物混合在一起,形成——怎么说呢——形成一团暑气,然后,一旦大气层里有电荷存在,立马跟散布在大气中的这些电荷相结合,久而久之,就会像热带地区那样,生成有害健康的疫气;——可是这股热气,话又要说回来,刚好在它过来,或者说在它原本要过来的方向,也就是南面的方向,被东南风削弱了,这种东南风经过塞纳河上方时变得凉爽起来,有时骤然间吹拂到这一带,就像来自俄罗斯的凉风!①

奥梅的长篇大论由医学术语和地理行话堆积而成,让没有相关专业知识的普通读者在目不暇接后直接坠入五里雾中。

《情感教育》中,塞内卡尔主动接替阿尔努夫人给弗雷德里克讲解,"大谈各种各样的燃料,还有什么窑、测温锥、燃烧室、泥釉、上光剂和各种金属。他满口化学名词,氯化物啦,硫化物啦,碳酸盐啦"。其结果也是令弗雷德里克"一窍不通,时时朝阿尔努夫人转过身去"②。《布瓦尔与佩库歇》中,更是科技成果大爆炸式的展示。

并且在涉及科学问题时,福楼拜不惜篡改时间,将发生在《包法利夫人》故事展开的年代之后的发明提前公布于众了。1852年,皮韦马舍尔利用电池做出名为水电链的平流电链,供医疗使用,得

---

① [法]福楼拜:《包法利夫人》,周克希译,上海:上海译文出版社,2007年,第68—69页。

② [法]福楼拜:《情感教育》,王文融译,北京:人民文学出版社,2004年,第186页。

到推广,也因此获得巴黎医学学会的褒奖。《包法利夫人》中的故事在 1848 年前就已终结,但福楼拜却在小说中提及药剂师奥梅热心鼓吹这一新发明好处多多。由此可见,福楼拜早已意识到科学的发展及进步已然深入人心,影响到了生活的方方面面。

观察及考察中的科学态度我们留待第四章论述。

为了达到艺术的科学化和普遍性的目的,福楼拜使用了以下的手法,以使自己的描写影射一般,褒贬人类。

首先,名词 + 过去分词形式的形容词。

过去分词充当形容词,起修饰限定的作用。动词的过去分词兼有动词和形容词的性质,既可做表语、修饰语、同位语,也可独立使用,表示被动或动作已经完成。这种表达法常被福楼拜用以表达庸碌的人们天天挂在嘴边的习语,不仅可以表达出观念的共趋性及被大众认可性,还可以传达出观念的陈旧和内容的失实。这种例子俯拾皆是。

最明显的一个例子是《庸见词典》中的“庸见”这一词组“idées reçues”,就是名词 idées 加上动词 recevoir 的过去分词构成的。这个词组的字面意思是“被接受的观念”,被大家一致认可的传统说法,共同接受的固定观念。福楼拜研究专家埃斯贝奇(Anne Herschberg Pierrot)教授通过词源学分析指出,该词在 19 世纪的用法并不固定,泛指被广泛接受的观念,并无褒贬之分,直到语言类词典中才点明其贬义性质,而福楼拜笔下的用法是最常见的词典参考例证。① 到了 20 世纪,庸见才有了"简化认识、与事实相悖"的意思,所以译为"庸见"是人为地给福楼拜本想表达的中性词词义加上了后来的贬义色彩。因为大家熟知的福楼拜是对随波逐流、随声附和的做法十分反感甚至大加鞭挞的。1855 年 8 月 1 日,福楼拜给布耶的信中早就说过:"正如罪恶和美德一样,愚蠢和智慧并不是各执一端。分裂二者只是自作聪明。"②福楼拜否认进步观,就是因为理性在习惯、传统的规范面前,有时候非但没起到指引与提升的作用,反而会助纣为虐,所以人类的无知将是永恒存在的。

在《包法利夫人》中,爱玛婚后只经历了短暂的新鲜愉悦感,很快便对单调平淡的婚姻生活感到失望,之后大病一场,夏尔决定以换个环境的方式来医治她,于是他们从托斯特搬到永镇寺。到达永镇寺后,包法利夫妇在金狮客栈和大家共用第一餐,中间不乏大家介绍、认识、寒暄与闲聊。席间爱玛和莱昂谈得极为投机,明眼的读者都能察觉出莱昂在随着爱玛的话音随声附和:或重复以示强调,或补充加以展开。这种言语间传递的淡淡的暧昧也就是人们司空见惯的升级版的调情,既如此,当然是陈词滥调,所以福楼拜屡屡用"名词 + 过去分词形式的形容词"这一表达法。来看几处例子:

其一,如爱玛说到大海会让人的灵魂得到升华,会让人领悟到

---

① Pierrot, Anne Herschberg, "Histoire d'idées reçues." dans Romantisme 86 (1994): 101-20. 转引自彭俞霞:《人云亦云之语言枷锁——评福楼拜的〈庸见词典〉》,载《外国文学》2011 年第 5 期,第 152 页。

② 1855 年 8 月 1 日致布耶函,见 Gustave Flaubert, *Correpondance II*, Editions Gallimard, 1980, p. 585-586。

什么叫天地无言的理想境界。莱昂接着说,山区的景色也是这样。还说到自己有个表兄去年到瑞士旅游,回来后跟自己描绘那里有多么美:

（中文译文）那儿有高大挺拔的松树,巍然屹立在湍流中央,有<u>悬</u>在千仞峭壁上的<u>小木屋</u>,往下望去,从云雾散处看得见底下的河谷。①

（法语原文）On voit des pins d'une grandeur incroyable, en travers des torrents, <u>des cabanes suspendues</u> sur des précipices, et, à mille pieds sous vous, des vallées entières quand les nuages s'entrouvrent. ②

其中的 des cabanes suspendues 就是名词 + 过去分词形式的形容词,动词 suspendre（释义 1,吊,悬挂,挂）的过去分词形式为 suspendu,suspendues 是过去分词形式的形容词,并且是形容词的阴性复数形式。

其二,爱玛隐隐感到自己觅到了知音,也开始配合莱昂的感慨。

---

① ［法］福楼拜:《包法利夫人》,周克希译,上海:上海译文出版社,2007年,第70页。

② Gustave Flaubert, *Madame Bovary*, Flammarion, Paris, 1986, p. 146.

（中文译文）"您有没有这种情形，"莱昂说，"有时候在书里会碰到一个您也曾经有过的想法，或者某个来自记忆深处的变得模糊的*形象*，而且仿佛把您最*微妙的情感*整个儿都展现了出来似的？"

"我有过这种体验，"她回答说。①

（法语原文）—Vous est – il arrivé parfois, reprit Léon, de rencontrer dans un livre une idée vague que l'on a eue, quelque image obscurcie qui revient de loin, et comme l'exposition entière de votre sentiment le plus délié?

—J'ai éprouvé cela, répondit – elle. ②

une image obscurcie（某个模糊的形象）和 votre sentiment délié（微妙的情感）也都是这种名词＋过去分词形式的形容词的词组构成法，obscurcie 是动词 obscurcir［释义 2，使模糊，使看不清（指视力）］的过去分词，délié 是动词 délier［释义 2，〈转〉使解除（指约束、义务等）］的过去分词。

福楼拜对此类词语组合的多次使用，深刻揭露了人们在谈情说爱、风花雪月之时所滥用的都是套话这一事实。虽然极力想表示自己与众不同、知音难觅、曲高和寡、高处不胜寒，但是，若本身

---

① ［法］福楼拜：《包法利夫人》，周克希译，上海：上海译文出版社，2007年，第 71 页。

② Gustave Flaubert, *Madame Bovary*, Flammarion, Paris, 1986, p. 148.

就是凡夫俗子，又岂能撇得清，语言早已把人出卖了。

农业展评会上，所有的声音都无意义。斯特林·海格（Stirling Haig）指出："在福楼拜的《包法利夫人》以及他之后的小说中，语言不是用来描写个人特点的，而是用来形成一个源于语言现象的巨大的人类窘境。"①

此表达法在福楼拜的其他小说中也被频频使用，是因为福楼拜是本着创造普遍性人物的目的而使其说话的。平庸因为是所有人都能够得着的，所以才是唯一合法的。

其次，独特视角。

《包法利夫人》的开头很特别。

（法语原文）<u>Nous</u> étions à l'étude, quand le Proviseur entra, suivi d'un *nouveau* habillé en buourgeois et d'un garçon de classe qui portait un grand pupitre. Ceux qui dormaient se réveillèrent, et chacun se leva comme surpris dans son travail. ②

（中文译本）我们在自修室上课，校长进来了，后面跟着个没穿制服的新生，还有个校工端着张大课桌。打瞌睡的同学惊醒过来，全班起立，仿佛刚才大家都只顾用功

---

① Edited by Alan Raitt, *The Originality of Madame Bovary*, Peter Lang AG, European Academic Publishers, Bern, 2002, p. 66.

② Gustave Flaubert, *Madame Bovary*, Flammarion, Paris, 1986, p. 61.

似的。①

这里的 Nous（我们）代表了一种大众化的视角，代表了大部分人的观点，是一种稍带限制的一般。

再次，人称时态。

在《包法利夫人》的结尾，句子时态的使用也是满含深意的。

（法语原文）Il <u>fait</u> une clientèle d'enfer；l'autorité le <u>ménage</u> et l'opinion publique le <u>protège</u>.

Il vient de recevoir la croix d'honneur. ②

（中文译文）他却病家<u>盈门</u>，络绎<u>不绝</u>；当局<u>迁就</u>他，舆论<u>庇护</u>他。

他新近<u>膺获</u>了荣誉十字勋章。③

小说结尾处用的是直陈式现在时态，也即说明像奥梅这种精明世故、见风使舵、急功近利、百般钻营的人到处都是。

意味深长的是，《包法利夫人》开头第一句的"我们"（Nous）这一大众化的视点，和最后一句奥梅获十字勋章的直陈式现在时，都

① ［法］福楼拜：《包法利夫人》，周克希译，上海：上海译文出版社，2007年，第3页。

② Gustave Flaubert, *Madame Bovary*, Flammarion, Paris, 1986, p. 425.

③ ［法］福楼拜：《包法利夫人》，周克希译，上海：上海译文出版社，2007年，第319页。

表明了故事的永恒性、庸俗的普遍性和奥梅式人物的长存性,代言了福楼拜想要表达的一般性。夏尔和奥梅不是特定时期、特定地点的人物,而是实实在在存在于我们每一个人的身边,这种庸人是超越时代和地域的。

夏尔在爱玛出场前后一直存在,甚至二人结婚后福楼拜才开始写爱玛的思想和感情,在此之前爱玛只是庸人夏尔眼中的人物,是陪衬。夏尔的故事才是贯穿小说始终的主线,爱玛的一生只是大框架下的小片段。这也是作者匠心独运的地方,展现了以夏尔为代表的庸俗的永存。

1870 年 3 月 30 日,福楼拜在致考尔努夫人的信中很无奈地描述:

> 我再向您说一遍,社交界人士总是在没有影射的地方看到影射。我写完《包法利夫人》时,人们多次问我:"您想描写的人是某某夫人吗?"我还收到一些素昧平生的人写来的信,其中有一封是一位兰斯的先生写来的,他祝贺我替他报了仇(对一个不忠于他的女人)。
>
> 下塞纳河的所有药剂师都在郝麦(即《包法利夫人》中的药剂师 Homais,各个版本音译过来的汉字不太一样,笔者统一译为奥梅。——笔者注)身上认出了自己,他们都想到我家来扇我的耳光。最有趣的(我在五年后才发现)是当时一位非洲的军医,他的妻子就叫包法利夫人,而且很像《包法利夫人》的女主人公,而这个名字是我虚

构的,是从布瓦莱变音得到的。

我的朋友莫瑞先生在谈到《情感教育》时,第一句话就是:"您是否认识某某先生,一个意大利人,数学教师?您的塞内卡尔在体貌和精神上都活脱脱是他的画像!什么都像,包括头发的式样!"还有些人硬说我想通过阿尔努描写贝尔纳·拉特(昔日的出版商)。可我从没见过此人,等等,不一而足。

说这一切都是为了告诉您,亲爱的夫人,公众把我们不曾有过的意图强加给我们是搞错了。①

公众是不理解福楼拜对普遍性的追求的,在慨叹时下读者朽木不可雕的同时,福楼拜在1872年12月致乔治·桑的信中超然面对:"我写作(我说的是知道自重的作家)并不是为今天的读者,而是为只要语言还存在就可能出现的读者。因此我的商品可能无法在今天被消费,它并非专门为当代人制造。我的服务目标一直是未定的,所以是无价的。"②

"一部作品只有通过它'永恒的'功效才会重要,也就是说它越

---

① 1870年3月30日致考尔努夫人函,转引自[法]福楼拜:《福楼拜小说全集》(下),刘益庾、刘方译,北京:人民文学出版社,2002年,第561—562页。

② 1872年12月4日致乔治·桑函,见 Gustave Flaubert, *Correpondance*, Editions Flammarion , Paris, 1981, p. 410。

是更多地再现了整个历史的人性,它越会是美的。"①

当然,福楼拜的长远眼光早已得到了人们的认同:R.迪梅尼在《超越福楼拜》中认为,《情感教育》一书中对人物形象的塑造十分成功。小说中的人物形象如弗雷德里克、戴洛里耶、阿尔努太太、罗莎奈特、唐布罗斯夫人、路易丝·罗克这些形象,"他们有这样一种人性,我们在他们身上看到永恒的特征,这些特征构造的并不是一个注定要与他的同代人一起死去的人物,而是一个超越他的世纪的典型"②。

"人所创造的一切全部都是真实的! 所以诗是一种和几何学一样正确的东西。归纳法和演绎法有同样的价值,所以只要达到某一点,人绝不至于再弄错属于灵魂的一切。此时此刻,同时在法国二十个村庄里面,毫无疑问,我可怜的包法利夫人正在痛苦着,哭泣着。"③正因为艺术具有普遍性,所以才会有那么多相同处境的人有着同样的反应。

---

① 1867 年 6 月 14 日致泰纳函,见 Gustave Flaubert, *Correpondance III*, Editions Gallimard, Paris, 1991, p. 655。法语原文为: En effet une œuvre n'a d'importance qu'en vertu de son éternité, c'est-à-dire que plus elle représentera l'humanité de tous les temps, plus elle sera belle。

② ［法]皮埃尔·布迪厄:《艺术的法则——文学场的生成和结构》,刘晖译,北京:中央编译出版社,2001 年,第 51 页。

③ 1853 年 8 月 14 日致高莱函,见 Gustave Flaubert, *Correpondance II*, Editions Gallimard, Paris, 1980, p. 392。法语原文为: Tout ce qu'on invente est vrai, sois-en sûre. La poésie est une chose aussi précise que la géométrie. L'induction vaut la déduction, et puis, arrivé à un certain point, on ne se trompe plus quant à tout ce qui est de l'âme. Ma pauvre *Bovary*, sans doute, souffre et pleure dans vingt villages de France à la fois, à cette heure même。

所以,福楼拜怀着"野心"想嘲笑整个人类,并且由于有着客观性的保证,任何人还奈何不了他:"我肯定正在转向高度的喜剧。有时,我有一种痛骂人类的冲动,我将在从现在起十年内的某天,在某部涉及面广泛的长篇小说里做到,等待的过程中,一个旧有的念头来到我的脑海——这就是我的《庸见词典》(*Dictionnaire des idées reçues*)(你知道它是什么吗?)。尤其是它的序言强烈地刺激着我,按照我所构想的样子(它本身将是一本书),就算我攻击一切,任何法律都不能咬住我。它将是对于任何被人们普遍认可的事物的历史性赞词。我将证明多数总是正确,少数总是错误。我要把伟人放在蠢人的祭坛上屠杀,把殉道士交给刽子手,并且用一种夸大的文笔将其推向极端。由此我将展示,在文学中,愚蠢由于与常人接近而成为唯一合法的存在,相应地,一切的创新都被侮辱为危险的和可笑的,等等。我将宣称,这种为人类在所有领域的卑鄙做的辩解,它自始至终都是反讽的和喧嚣的,充满引用、试验(它将证明自己的反面)和令人恐怖的文本(这很容易找到),这种辩解旨在坚决消除所有的离心行为,无论它们是什么。"①

应该承认,福楼拜所说的现实绝非仅指资本主义的现实那么简单,我们还应该把他那反对一切文学流派的言论考虑进去。

最后有两点需要说明。

第一点,这里我们要注意区分的是,对于科学、科学性,福楼拜强调的只是它们的客观、精确,以及由此带来的普遍性,却并不是

---

① 1852 年 12 月 16 日致高莱函,见 Gustave Flaubert, *Correpondance II*, Editions Gallimard, Paris, 1980, p. 208。

由科学发展而来的现代文明。相反,以科学发展为基础的现代文明,在福楼拜眼里简直是罪无可恕,他曾恶狠狠地咒骂:

> 大自然一点也不在乎我们!树木、青草、波涛看起来是多么冷漠啊!此时哈佛桥上邮船的钟声震耳欲聋,使得我必须停笔。工业给这个世界带来了怎样的喧嚣!机器是一种多么嘈杂的东西!说到工业,你可曾想过,长此以往,它产生了多少同一类型的专业蠢材?做一番统计工作,一定会令人瞠目结舌的!曼彻斯特的居民做一辈子别针,在他们身上还能看到什么希望?而制造一枚别针,却要使用五六种不同的专门知识!由于工作的细分,机器的旁边产生了大批机器人。试想一个人穷其一生在铁路上当引座员,或者在印刷车间粘贴标签,如此等等。是的,人类正变得越来越愚蠢。勒孔特说得对;他用一种我永远也不会忘记的方式表达了这个观点。对于现代的"活动家"来说,中世纪的"梦想者"属于一种异类。①

并且由于科技的发展而带来的"工业化使丑扩大了很多倍!"②

---

① 1853 年 8 月 14 日致高莱函,见 Gustave Flaubert, *Correpondance II*, Editions Gallimard, Paris, 1980, p. 393。

② 1854 年 1 月 29 日致高莱函,见 Gustave Flaubert, *Correpondance II*, Editions Gallimard, Paris, 1980, p. 518。法语原文为:L'industrialisme a développé le Laid dans des proportions gigantesques!

> 科学到底还是科学,而艺术吸收科学成果,仍然必须
> 回到自己的实践道路。①

福楼拜所取于科学的只是科学的方法和科学的态度,而不是科学主义,他远没有走到左拉所崇尚的科学主义的极端上去。

福楼拜早已清楚地意识到现代技术对于诗意的生存是一种可怕的威胁。这种意识在《狂人回忆》中已经显现:

> 该那些使我堕落与变坏的人倒霉!我以前是那么善
> 良纯洁!这冷漠无情的文明真该死!它使在诗歌与爱情
> 的阳光下生长的一切变得枯萎与孱弱。②

福楼拜明白,把艺术变成科学著作将无异于给艺术判了死刑,正如他在1861年致费多的信中说到的:"如果一部小说像科学著作那样乏味的话,那么再见吧,这将是艺术的终结。"③艺术与科学不同,它是通过作家的审美感受和审美体验去反映生活的,所以不

---

① 李健吾:《科学对法兰西十九世纪现实主义小说艺术的影响——纪念〈包法利夫人〉成书百年(1857—1957)》,载《文学研究》1957年第4期,第65页。

② [法]福楼拜:《福楼拜短篇小说选》,郎维忠译,长沙:湖南文艺出版社,1994年,第207页。

③ 1861年7月15日致欧内斯特·费多函,见 Gustave Flaubert, *Correpondance III*, Editions Gallimard, Paris, 1991, p. 166。法语原文为:Mais si un roman est aussi embêtant qu'un bouquin scientifique, bonsoir, il n'y a plus d'art.

仅离不开作家个人独特的发现,而且必然带有作家个人主观情感的印记。

第二点,诗性与科学的品性是福楼拜所强调的不可偏废的两个方面,虽然他并不是在任何时候都会同时提及二者。在他看来,失却科学性支撑的艺术追求和缺乏诗性根基的科学性语言都与艺术的堕落有关。他认为,艺术未来的道路应该是介于数学与音乐之间,数学精确、客观,而音乐充满了和谐与美的韵律。

但是我们知道,所有的艺术创作都是主观的。作家同样不可能做到真正意义上的客观公正。形式越是客观,也就意味着内容越是主观。一个人的好恶是他正当的权利,但是当一个人有了好恶,他也就不可能再做到客观公正。对于小说中的人物,作者不可能一视同仁,必定会有或哀其不幸,或怒其不争,或挖苦讥讽、厌恶愤怒等感情,只要有了这些,作者也就再无客观公正可言了。不管作者用多么高妙的手法去刻意隐藏自己,读者还是可以觉察到些许的蛛丝马迹的。

如较明显的一处为《包法利夫人》中,日子长了,罗多尔夫对爱玛给自己的爱称、昵称开始厌烦、麻木。他心想:

> 这些夸大其词的话背后,只是些平庸至极的情感而已,所以对这些动听的话是当不得真的;这正如内心充沛的感情有时无法用极其空泛的隐喻表达出来,因为任何人都无法找到一种很准确的方式来表达他的需要、他的观念以及他的痛苦,人类的话语就像一只裂了缝的蹩脚

乐器,我们鼓捣出些旋律想感动天上的星星,却落得只能
逗狗熊跳跳舞。①

这里虽然用到了自由间接引语,作者试图把自己关于人类语言的观点隐藏在罗多尔夫的话语里,但是分号之后的部分,绝大多数读者都能想到这是福楼拜的思想,罗多尔夫只是一个庸俗世故又狡猾的地主而已,他是不会思考人类语言这种既高深又不实用的问题的。

如《情感教育》中,弗雷德里克因为西奇对阿尔努夫妇出言不逊,要和他决斗。阿尔努及时赶到决斗现场进行阻止,并对弗雷德里克由衷地表示感谢:"他凝视着弗雷德里克,一边流泪,一边幸福地傻笑着。"②句中的"傻笑"(ricaner)也让读者轻易体会到了作者的讥讽之情。这种讥讽之情不可能是阿尔努自己的,很少有人认为自己傻,所以自己发出的笑也应不会是傻笑;也不是弗雷德里克的,他沉浸在决斗的紧张气氛中尚未回过神来,不会有闲情逸致品味出阿尔努先生的笑该归属哪一类;更不会是决斗的旁观者的,因为大家离得远远的,还没赶过来。

弗雷德里克第一次成功邀请阿尔努夫人出来约会,对方虽答应了,却在约定的时间迟迟不到。弗雷德里克在街上心急如焚:

---

① ［法］福楼拜:《包法利夫人》,周克希译,上海:上海译文出版社,2007年,第171页。

② ［法］福楼拜:《情感教育》,王文融译,北京:人民文学出版社,2004年,第219页。

> 他观察路面的缝隙、檐槽口、金属灯杆和门牌号码。
> 最微小的东西也变成他的伙伴,或不如说含讥带讽的看
> 客;房舍规整的正面在他看来冷酷无情。他的脚步声震
> 得他脑袋疼。[①]

此刻的弗雷德里克还没有意识到自己该受讥讽,因为紧接的下文他还在一厢情愿地为阿尔努夫人搜肠刮肚地寻找着各种迟到的理由。所以此处的"含讥带讽"(des spectateurs ironiques)是作者的感觉。

所以笔者认为,客观公正只能是形式上力求达到的效果,在内容上却更凸显其主观为之的努力。甚至,这种客观的效果也是不能完全随人所愿的,仔细品味小说中的字句,还是能辨别出作者细微的感情变化的。虽然如此,福楼拜对于朝着客观公正这一伟大目标所做出的努力,还是取得了令人瞩目的成就,这成为他文艺思想的显著特色,也成为后人模仿的范例。

---

① [法]福楼拜:《情感教育》,王文融译,北京:人民文学出版社,2004年,第265页。

第四章

艺术真实力图予人幻象

福楼拜认为,艺术的首要品质,它的目的,是幻象;而它的最高境界,则是由幻象引起思索。艺术幻象的营造,首先需要一种由细节准确所呈现出来的现实感,艺术家接受生活中的事实,然后赋予它们美的形体,用它们去创造一个比现实本身更真实的世界。这个世界是"真实的真实",它是一个由艺术家用现实存在的粗糙素材创造的一个比大众肉眼中的尘世更卓越非凡、更持久永恒也更具有艺术真实的天地。这个天地给读者营造一种幻象,并引导他们进行思考。

第一节　细节准确为跳板

艺术作为一种精神现象,不可能是主观自生的。归根结底是直接或间接对社会、对人生的一种反映,所以人们在欣赏和评价艺术作品时,总是把真实性看作艺术作品一个不可或缺的品格。

在达到较高层次的艺术真实之前,福楼拜首先要获得细节或背景的准确,达到一般真实。

福楼拜说:"对我来说,真实即是文学有力的标志。"①万事万物都有自己的特点,福楼拜认为作家的任务就是找到它们。而要完成这一任务,第一步先要观察。

"观察"这个词古已有之,但是使其具有科学术语的性质,还是在18世纪以后。回忆和想象一直在创作上占有绝对优势。因为人类是先有了生活,后有的写作。但是旧事已成过往,历经岁月的尘烟,人们在回忆的时候往往会掺杂这一心理活动特有的情绪,是经过人过滤或者染色的一种事实,所以回忆已经离原始事件很远,不可能绝对准确了。根据回忆而进行的想象活动,就更靠不住了。福楼拜重视观察和实地考察,在很大程度上弥补了这一缺憾。

莎士比亚是福楼拜万分崇拜的艺术巨人,赞叹艺术家的伟大时,福楼拜都不会让莎士比亚缺席。他认为莎士比亚创作的两个要素是想象与观察。

福楼拜的观察和表现法不同于巴尔扎克和司汤达,后者是全景式的观察表现法,而前者是紧贴、封闭式的局部观察法。② 福楼拜说过自己知道怎样去观察,而且明白近观的方法,那就是要看到事物的真实毛孔。

他还指出了艺术观察和科学观察的不同。艺术观察应该格外是本能的,是直觉的,是伴随想象的,是先从想象发动,孕育一个主

---

① 1853 年 7 月 2 日致高莱函,见 Gustave Flaubert, *Correpondance II*, Editions Gallimard, Paris, 1980, p. 372。法语原文为:pour moi, la vraie marque de la force en littérature。

② 王钦峰:《重审福楼拜的现实主义问题》,载《国外文学》2001 年第 1 期,第 99 页。

旨,然后借用外力来巩固它,也就是由主观起始。

福楼拜认为,只在书斋看已有资料是完全不够的,需要去当地体察。他深信,要加强作品的真实性,有必要到故事的发生地去,闻一闻当地的气息,晒一晒当地的阳光。

"写一本书,对我来说从来都只是无论哪种环境中的一种生活方式。"①即写某事某地某物,不仅要广泛查阅、收集资料,进行实地考察、遍访民情,还进一步要求自己生活于当时的情境。

但是这种一般真实(或者称为物质真实、历史真实、客观真实)是有一定限度的。否则,叙述一件事,为了"真实",岂不是要像笔录一样,一字不差地加以记录! 艺术上的真,鲁迅先生在《连环图画琐谈》中说过:"倘必如实物之真,则人物只有两三寸,就不真了,而没有和地球一样大小的纸张,地球便无法绘画。"②福楼拜把《情感教育》的失败归罪于太拘泥于一般真实:

> 这本书为什么没取得我期望的成功呢? 也许罗宾发现了个中缘由。写得太真实啦! ——从美学的角度说,缺乏"透视的深度"。……任何艺术作品都应集中到一点上,有个高峰,都应当像金字塔形的逐步上升,或者,应当在圆球的某一点上投以明亮的光线。但实际生活里没有

---

①　1858 年 12 月 26 日致尚特比小姐函,见 Gustave Flaubert, *Correpondance II*, Editions Gallimard, Paris, 1980, p.846。

②　鲁迅:《鲁迅全集》(第 6 卷),北京:人民文学出版社,2005 年,第 29 页。

这些东西。不过,艺术不等于生活……①

艺术无法等同于原生态的生活和事物,因为艺术按照一定的艺术规范和形式把现实生活中所存在的东西重新组织了一遍。现实生活只能作为作品的背景,如果这一背景不够虚化,就难以凸显本应作为视觉中心的前景中的亮点,有湮没小说中人物的危险。

并且福楼拜认为,所谓的真实只能是相对的。整个世界本身是变化不居的,观察它的人每天也是不断发展的,并且人不敢保证自己确实没被自己的感觉欺骗,"不识庐山真面目,只缘身在此山中"将是人类永恒的困惑,要想彻底观察某个事物,只有跳出这一范围,做冷静的整体的旁观,既然人类身处社会,那就永远都不可能彻底看清这一领域内人与事的本真面貌。

看完"梅塘集团"成员之一的莱昂·埃尼克的一篇作品,福楼拜怒不可遏,遂回信揭穿了自然主义的真实神话及其虚妄。

你以为自己发现了自然,你比前人更具真实性的狂热使我很恼火。拉辛的作品中的暴风雨并不比米什莱的缺少真实。没有"真实",只有多样的感知方法。照片逼真吧?但它不比一幅油画更真实,或者二者是同样的。

打倒流派,不管它们是什么!打倒缺乏理智的词语!打倒一切学院、诗学和原则!像你这样卓越的人仍然跌

---

① 1879年10月8日致热奈特函,转引自[法]福楼拜:《福楼拜文学书简》,丁世中译,北京:北京燕山出版社,2012年,第224页。

入这些胡言乱语，让我很惊讶！……

只有天知道我对文献、书籍、信息和旅行之类存有何种程度的怀疑。是的，我正是把所有这些都当作次要的和低等的东西去看待。物质真实（material truth）（或诸如此类的概念）必定只是一种跳板，它有助于人们飞得更高。你是否认为我已经蠢到了自以为在《萨朗波》中复制了古迦太基，并且在《圣安东尼的诱惑》中准确描绘了亚历山大主义？啊，没有！但是我确信我是按照今天我们所设想的样子表现了它们各自的本质……

简言之，为了结束这个关于真实问题的讨论，让我提出下面的（观点）：假设被发现的历史文献表明，塔西陀从头至尾都在撒谎。这对于塔西陀的文笔和光荣会有什么影响吗？无论如何都是没有影响的。存在两种真实，而不是一种真实：一种历史真实，一种塔西陀的真实……①

由此可见，福楼拜爱恨分明，到了老年仍是火药库，动不动就为维护艺术的真实、艺术的美而大光其火。只要一息尚存，就要为心目中真正的艺术抗争到底。

福楼拜在《布瓦尔与佩库歇》中借小说人物之口指出："艺术只

① 1880 年 2 月 3 日致莱昂·埃尼克函，见 Selected, Edited, and Translated by Francis Steegmuller, *The letters of Gustave Flaubert* 1857 – 1880, The Belknap Press of Harvard University Press, Cambridge, Massachusetts and London, England, 1982, pp. 266 – 267。

探讨真实性,然而真实性取决于谁观察它,所以真实性是相对的、昙花一现的东西。"①

　　既然客观真实既无可能,也没必要,并且正如王尔德所说:"伟大的艺术家决不会按事物的本来面貌去看待事物。如果他那样做,他就不再是一位艺术家了。"②以艺术家的高度严格要求自己的福楼拜并不拘泥于事物的物质真实:"我拼命赶了六个星期。爱国人士不会原谅我这本书,反动分子也不会!管它呢!我按我感觉到的样子来写事物,也就是说,照我认为的实际状况来写。"③"我把自己限定在只呈现事物在我看来的样子,表现那些在我看起来的'真'。"④现实只不过是他的跳板而已。福楼拜认为:"艺术即真实本身。"⑤他的最终目标是要创造艺术品,追求美,他所向往的这种由自己独特的感知方法,按照自己感觉到的样子来叙述的真实,是"真实的真实"⑥。他说过,他只相信一件东西的永生,那就是幻象

---

① ［法］福楼拜:《福楼拜小说全集》(下),刘益庾、刘方译,北京:人民文学出版社,2002年,第259页。

② ［英］奥斯卡·王尔德:《谎言的衰落:王尔德艺术批评文选》,萧易译,南京:江苏教育出版社,2004年,第43页。

③ 1868年7月5日致乔治·桑函,见 Gustave Flaubert, *Correpondance III*, Editions Gallimard, Paris, 1991, p.770。

④ 1868年致乔治·桑函,见 Gustave Flaubert, *Correpondance III*, Editions Gallimard, Paris, 1991, p.786。法语原文为:Je me borne donc à exposer les choses telles qu'elles me paraissent, à exprimer ce qui me semble le Vrai。

⑤ 1852年5月15日至16日致高莱函,见 Gustave Flaubert, *Correpondance II*, Editions Gallimard, Paris, 1980, p.91。法语原文为:l'art est la Vérité même。

⑥ 李健吾:《福楼拜评传》,上海:商务印书馆,1935年,第103页。

的永生。而幻象是真实的真实，其他的一切都不过是相对的而已。这种真实的真实，我们姑且称之为"艺术真实"。

由"观察是文学的第二属性"①这一论断，福楼拜指明了模仿与纯艺术的区别。模仿只获得一般真实，而纯艺术追求的是艺术真实。福楼拜认为，艺术的首要品质，它的目的，是引人思索的幻象。"艺术的第一特点和它的第一要务是幻象。"②所以照相虽然相似，不如油画逼真，就因为照相缺乏风格，或者灵性的作用，给人的感动还只停留在较低的层次。所以，福楼拜在看一些一文不值的情节剧时曾经流泪，但是歌德却从未让他的眼睛湿润过，除非是为了赞叹而绝不是感动。

所谓的物质真实、历史真实、客观真实在福楼拜这里只是一种向更高层次提升的基础，是要为美服务的，他所追求的是一种艺术真实。艺术真实绝不仅仅是对生活简单的模仿。福楼拜认为，艺术所追求的首要目标是美，所以他所认定的高层次的真实也就是一种艺术真实，这种真实是他眼里的一种真实，是他按自己的观察方式，从自己的角度掺杂了想象所得到的一种真实，是虚构与现实的结合。生活和自然可以被当作艺术的部分原料来加以运用，但是在它们真正服务于艺术之前，必须被转化成艺术规范，艺术绝对

---

① 1862 年 7 月（？）致热奈特夫人函，见 Gustave Flaubert, *Correpondance III*, Editions Gallimard, Paris, 1991, p. 236。法语原文为：L'observation est une qualité seconde en littérature。

② 1853 年 9 月 16 日致高莱函，见 Gustave Flaubert, *Correpondance II*, Editions Gallimard, Paris, 1980, p. 433。法语原文为：La première qualité de l'Art et son but est l'*illusion*。

不可以放弃虚构的方法。福楼拜一向敬重塞万提斯是因为"《堂吉诃德》的奇特之处……在于幻想与现实的不朽结合,造就了一部滑稽可笑又诗意十足的书"①。这种能够予人幻象、引人思考、艺术地反映生活的"真实",即艺术真实。

　　既然福楼拜提倡观察要像近视眼一样贴近事物,要仔细到深入事物的毛孔,但是又要求艺术具有普遍性,这中间经过了怎样的加工呢?那就是把观察得来的结果经由作者的想象,用文笔固定后再形成幻象,呈现给世人。艺术的观察是伴随想象的,但是这种想象不能掺杂过多的感情。他批评高莱总是混淆感情与想象,这样会把二者都损害。"对世界用情越少,就可以越少地变脆弱。"②"越是控制自己的感情因素,理智因素越增长。随着你对自己感情的保留,艺术便发展了。"③置身于人生,如果过分感觉苦乐,反而容易停留在感觉层面,抑制想象的展开。所以应该用理智战胜情感,事物须经过我们理智、客观、科学的想象,才能形成栩栩如生的幻

---

① 1852 年 11 月 22 日致高莱函,见 Gustave Flaubert, *Correpondance II*, Editions Gallimard, Paris, 1980, p. 179。法语原文为: Ce qu'il a de prodigieux dans *Don Quichotte*, c'est …cette perpétuelle fusion de l'illusion et de la réalité qui en fait un livre si comique et si poétique。

② 1852 年 12 月 11 日致高莱函,见 Gustave Flaubert, *Correpondance II*, Editions Gallimard, Paris, 1980, p. 206。法语原文为: Moins les sentiments tournent au monde, et moins ils ont quelque chose de sa fragilité。

③ 1853 年 10 月 23 日致高莱函,见 Gustave Flaubert, *Correpondance II*, Editions Gallimard, Paris, 1980, p. 454。法语原文为: plus tu as bridé en toi l'élément sensible, plus l'intellectuel a grandi. À mesure que la passion a tenu moins de place dans ta vie, l'art s'est développé。

象,用来制成艺术品。

现实太过平庸,原生态的生活过于单调、琐细,艺术需要的是作为背景的生活,而不是生活本身,所以艺术创作会将生活本身提升至艺术真实。对于小说而言,具有启发性比予人真实更为重要。福楼拜在 1863 年 3 月 24 日给屠格涅夫的信中,说羡慕对方的区分才能,知道怎样使真实不沦于平庸的方法。

为了将生活提升至艺术,福楼拜认为必须给现实变形:"如今我被变形的愿望占据。我想写自己看到的一切,但不是它本来的样子,而是变了形的样子。准确地叙说最壮观的真实在我看来是不可能的。我还要给它添枝加叶。"①文学的艺术性在于,用现实存在的粗糙素材去创造一个比大众肉眼中的尘世更卓越非凡、更持久永恒也更具有本质真实的天地。

追求艺术真实并不是美化现实,相反却是放弃对现实的美化。1855 年,福楼拜在酝酿《包法利夫人》的时候这样写道:"我感到反对我们时代愚蠢的憎恨情绪已汹涌泛滥,令我窒息。就像我犯了纹窄性疝病,大粪涌入我的嘴里那一样。但是,我要保留这种愚蠢,让它凝固,使之坚硬。我用它做成一种颜料,涂抹在 19 世纪这

---

① 1853 年 8 月 26 日致高莱函,见 Gustave Flaubert, *Correpondance II*, E-ditions Gallimard, Paris, 1980, p. 416。法语原文为:Je suis dévoré maintenant par un besoin de métamorphoses. Je voudrais écrire tout ce que je vois, non tel qu'il est, mais transfiguré. La narration exacte du fait réel le plus magnifique me serait impossible. Il me faudrait le broder encore。

幅画面上。"①但放弃美化并不意味着没有道德教化。福楼拜认为:
"真的就是善的。那些下流书籍不道德是因为缺少真实,那不是生
活中所发生的样子。"②"艺术是生活中唯一美的和善的东西。"③由
此,我们发现,在福楼拜这里,艺术集真善美于一身。人们控诉福
楼拜的《包法利夫人》侵犯了道德和宗教,但是福楼拜认为自己既
没想写通奸,也没想着触犯宗教,他想展示的,是每一个好的作家
都应该展示的——对不端行为的惩罚。相反,他认为自己已经为
自己证明,所写的正是一本道德的书。因为自己的书是美的,美即
道德。

　　这种放弃美化的思想经左拉被推到了史诗的地位,文学提供
道德典范从此宣告结束。但是另一种教化方式悄然兴起:寓教化
于艺术真实。

　　笔者认为,不能因为福楼拜所说的"写事物变了形的样子",
"表现那些我看起来的'真'"的说法就断定福楼拜文艺思想是唯心
的。他只是为了让自己区别于那些为展现个别典型而把生活及生
活中的人物无限夸大以达到汇聚效果的作家,如雨果《巴黎圣母

---

　　①　1855 年 9 月 30 日致布耶函,见 Gustave Flaubert,*Correpondance II*, E-ditions Gallimard, Paris,1980, p. 600。

　　②　1876 年 2 月 6 日致乔治·桑函,见 Gustave Flaubert, *Correpondance*, Editions Flammarion, Paris, 1981, p. 521。法语原文为:une chose est Vraie elle est bonne. Les livres obscènes ne sont même immoraux que parce qu'ils manquent de vérité. Ça ne se passe pas"comme ça"dans la vie。

　　③　1846 年 9 月 13 日致高莱函,见 Gustave Flaubert, *Correpondance I*, E-ditions Gallimard, Paris, 1973, p. 339。法语原文为:De la gloire, soit, je t'approuve; mais de l'Art, de la seule chose vraie et bonne de la vie! …

院》中集各种残疾于一身的卡西莫多和《悲惨世界》中作为道德与力量化身的冉·阿让,或者龚古尔兄弟的《菲洛曼娜修女》中作为生活中例外的圣徒菲洛曼娜,这些人物在福楼拜看来都是不真实的,因为他们缺少普遍性。福楼拜反对泰纳的"一部作品只有作为历史资料时才是重要的"①这一观点,而认为一部作品只有通过它永恒的功效才会重要,也就是说,它越是更多地再现了整个历史的人性,它越会是美的。在追求美、追求自己"艺术真实"的同时,福楼拜有着观察时的科学态度和客观呈现生活从而表现普遍性的追求,这使他不至于走向唯心主义的极端。

第二节 实地考察与情境体认

人们在接触、练习写作之初,常常是从阅读、借鉴名家名作开始,中国更是有"熟读唐诗三百首,不会作诗也会吟"和"读书破万卷,下笔如有神"的古话。福楼拜也非常重视对古人先贤的学习,经常阅读经典作品,毕竟所有的创新与发明都是以过去为参照物的。但是福楼拜认为天才是不可模仿的,所以他同样甚至是更重视观察,认为应该用自己的感官切实地去感受事物。

莫泊桑跟福楼拜学习写作的早期,他把自己在屋里编好的准备写成小说的故事讲给福楼拜听。福楼拜听后,劝他不要忙于写这些

---

① 1867 年 6 月 14 日致泰纳函,见 Gustave Flaubert, *Correpondance III*, Editions Gallimard, Paris, 1991, p.654。

闭门造车的东西,而是要求他每天骑马到外面转一圈,把路上看到的一切准确、细致地记录下来。于是莫泊桑意识到,福楼拜是教他学会用眼睛去观察生活、认识生活,练好观察这一基本功。

福楼拜让莫泊桑认真观察九匹拉车的马,然后写出其中一匹与其他的不同之处,达到让读者一眼就能从九匹马中把它分辨出来的效果。这就是在训练莫泊桑观察客观事物的能力,让他积累更多的感性材料。这对莫泊桑后来的创作起到了非常重要的作用。

为了更好地观察,福楼拜常常不辞劳苦亲自进行实地考察。1852 年 7 月 18 日,福楼拜参加了克鲁瓦塞下游、塞纳河另一岸的崇冠(Grand-Couronne)农业促进会。① 正因为观看后对会议的荒唐透顶"叹为观止",才在《包法利夫人》中用绝妙的手法把农业促进会写得充满讽刺、成功至极,令众多的评论家对这一场景的描写研究不尽、述说不完。

为了写好《包法利夫人》的最后几页,福楼拜向他的哥哥以及布耶请教医学知识,向鲁昂的法学家咨询诉讼的细节。因为爱玛最后是服毒自尽的,所以 1855 年 10 月 5 日,福楼拜在写给高莱女士的信中说,他要去鲁昂了解一下砒霜中毒的情况。

1868 年,福楼拜参观圣欧仁医院,观察患假膜性喉炎的孩子,因为《情感教育》中阿尔努夫人的儿子欧仁患了这种病。他站在三岁的小病人面前,看孩子咳嗽、憋闷、濒临窒息,并随时向医生请教,直至再也看不下去那孩子受折磨。

---

① 参见 Gustave Flaubert, *Correpondance II*, Editions Gallimard, Paris, 1980, p. 1090, 注释 5。

1867 年,因为《情感教育》中写到了陶瓷,福楼拜去克莱伊参观。因一直在构思一部关于现代东方的小说《哈罗·贝》,福楼拜让在埃及旅行的朋友杜勃朗把他的印象写信寄给自己。

为了写《情感教育》,福楼拜向法国政治活动家巴贝斯(1809—1870)询问有关 1848 年革命的情况,巴贝斯把有关资料借给了他。

1868 年夏,为了创作《情感教育》,福楼拜去枫丹白露旅行。旅行之后他明白,1848 年时巴黎到枫丹白露还没有火车。这样,有两段文字就要删去,得另起炉灶。

1869 年 1 月,为了写好《情感教育》中当布勒兹下葬一幕,他去了拉兹神父公墓。他还曾去了解跑马场的赛马盛况,制作瓷器的工艺流程,拍卖会的场景……

1874 年,为了写《布瓦尔与佩库歇》,他去诺曼底搜集资料。

为了写《布瓦尔与佩库歇》,除了让莫泊桑提供诺曼底沿海景色的确切描述外,福楼拜和拉波特于 1877 年 9 月再次去诺曼底进行了十五天的旅行,以补足资料。

1876 年 4 月,为了重新浸润到《一颗简单的心》这一故事的氛围中,福楼拜到故事发生地的主教桥和翁弗勒走了一遭。

1878 年,为了写《布瓦尔与佩库歇》,福楼拜和莫泊桑去埃特勒达出了一次远门。他想写完书后,和普谢去泰莫比勒旅行,为的是写一部史诗型小说,其中的战斗故事他已经开始构思,并一直构思到去世。

1879 年,他准备写完《布瓦尔与佩库歇》后,为了《泰莫比勒的战斗》于 1881 年去希腊旅行。

为了写《萨朗波》而去北非、中东、地中海和阿拉伯世界以感受那里的精神。考察回来之后福楼拜才知道怎么写,明白以前写得太荒谬。重拾旧稿,他感到一种有苦难言的失望,没有一页站得住脚。旅行令他眼界大开,饱览了古代的遗迹。[①] 他写信给费多说:"跟你说,《迦太基》得全部重写,或者说,全部推翻,重打锣鼓另开张。太荒谬了! 不可能! 不符合实际! 我想我能找到合适的腔调。我开始理解我的人物,喜欢我的人物。"[②]

这足以说明,只在书房看已有资料是完全不够的,需要去当地体察。准确性是真实性的基础,艺术手法固然要到艺术家那里去寻找,但是寻找素材是一定要到考古学家那里去或者是学习他们的工作方法的。

不仅如此,福楼拜还严格且热情地实施自己在模拟情境中体认历史的主张。

在潜心创作《萨朗波》期间,龚古尔兄弟首次到达克鲁瓦塞时,就看到福楼拜完全生活于东方的情境里:"床垫上铺一块土耳其织物……书桌上,壁炉架上,书柜隔板上,散置中东带来的旧物,埃及绿板片护身符,箭矢,刀剑,乐器……从室内,可见出其人,其趣味,其才情:他真正为之痴迷的,是辽阔的中东,在他艺术家的天性中有着野性的根底。"另外,他穿的衣服是东方"拾荒"带来的破烂,有时头上戴挂着蓝丝穗的红帽,再配以红色的皮肤和弯曲的髭须,大有土耳其人

---

① 以上有关外出考察的资料,主要参见[法]福楼拜:《福楼拜小说全集》(下),刘益庾、刘方译,北京:人民文学出版社,2002 年,第 584—603 页,并略作修改。

② 1858 年 6 月 20 日致欧内斯特·费多函,见 Gustave Flaubert, *Correpondance II*, Editions Gallimard, Paris, 1980, p.817。

模样。他开玩笑说与朋友聚会将准备东方式菜肴："新鲜人肉,布尔乔亚脑髓……"①写作中更是全身心投入迦太基战争以至于难以将自己拉回:"作战工具正在把我锯成两半,我出汗出的是血,撒尿撒的是开水,拉屎拉的是弩炮,放屁放的是投石器石头子。"②

"为了更好地表达某一事物,它必须进入你的体内。"③因为对福楼拜来说,写一本书便是生活于书中的情境。这样一来,小说写多了,投入的环境杂了,估计福楼拜几乎有了庄生梦蝶的疑惑:到底自己活在哪世? 到底哪儿才是真的? 因为福楼拜曾说过:"我一直都存在着! 我的记忆可以追溯到法老时代。我在不同的历史阶段清晰地看到自己,经历着不同的职业和多样的命运。今天的我是过去的我的一种结果。——我曾是尼罗河上的船夫,在布匿战争时代的罗马做过人贩子,然后在苏布拉当过希腊修辞家,在那里饱受臭虫叮咬。十字军东征期间,我在叙利亚海滨因吃多了葡萄而撑死。此前我当过海盗、修道士、江湖骗子和马车夫。或许,还曾是东方的皇帝?"④

《包法利夫人》中两封书信的特殊写法引起了读者的注意。这

---

① 　[法]亨利·特罗亚:《不朽作家福楼拜》,罗新璋译,北京:世界知识出版社,2001 年,第 241、261 页。

② 　1861 年 9 月 27 日致于勒·德·龚古尔函,见 Gustave Flaubert, *Correpondance III*, Editions Gallimard, Paris, 1991, p. 177。

③ 　1853 年 3 月 31 日致乔治·桑函,见 Gustave Flaubert, *Correpondance II*, Editions Gallimard, Paris, 1980, p. 292。

④ 　1866 年 9 月 29 日致乔治·桑函,见 Gustave Flaubert, *Correpondance III*, Editions Gallimard, Paris, 1991, p. 536。

是福楼拜仔细观察生活、真正体认情境之后对传统的写作方式做出的重大调整。

一是鲁奥老爹给爱玛的那封父爱拳拳的信,信里中断了一次。这封信没有罗多尔夫写给爱玛的绝情信极端,所以我们来看第二封:

> 他(罗多尔夫——笔者注)动笔写道:
>
> > 坚强些,爱玛! 坚强些! 我不想给您的生活带来不幸……
>
> "说到底,这是真话,"罗多尔夫心想;"我这是为她好;我是问心无愧的。"
>
> > 您的决定有没有经过深思熟虑? 您可知道我会把您拖进怎样的深渊,可怜的天使? 您没有,您也不知道,是吗? 您信任我,义无反顾地一往无前,满心以为等着您的是幸福,是美好的未来……哦! 我们这两个可怜虫! 我们都失去了理智!
>
> 罗多尔夫停住笔,想找一个自圆其说的借口。
>
> "要不我就说我破产了? ……啊! 不行,再说,这也拦不住她。破产了还可以重新开始嘛。对这种女人有什么道理好讲呢?"
>
> 他想了一下以后,接着写道:
>
> > 请您相信,我是不会忘记您,是会对您忠贞不贰的;可是,早晚有一天,这种热情(人世间的事命定如此)难免会减退的! 我们会感到厌倦,

而且谁知道我是否会由于眼看您后悔，而感到
刻骨铭心的痛苦，甚至为咎由我起而同样感到
后悔呢。一想到您会伤心痛苦，我就心如刀割，
爱玛！请把我忘了吧！我当初为什么要认识
您？您为什么要长得这么美？难道这是我的错
吗？哦，天哪！不，不，这只能怪命运！

"这个词儿是处处管用的，"他暗自想道。

⋯⋯⋯⋯⋯

两支蜡烛的火苗晃晃悠悠地抖动起来。罗多尔夫起
身关上窗，重新坐下。

"我看这就差不多了。噢！还得加上一点，省得她再
来跟我纠缠不清。"

　　当您看到这封愁肠百结的信时，我已经在
很远的地方了；因为我只想走得愈远愈好，为的
是摆脱重见您一面的诱惑。请别过于伤感！我
还会回来的；说不定到那一天，我俩还会再聚在
一起，心如止水地谈到昔日的爱情。别了！

后面还有一个"别了"，是分开写成"别——了"的，他
认为这样显得更有韵味。

"现在，落款怎么写呢？"他心想。"您忠诚的……不
好。您的朋友？……对，就这样。"

您的朋友①

---

　　①　［法］福楼拜：《包法利夫人》，周克希译，上海：上海译文出版社，2007
年，第180—183页。

我们稍作回顾便知,这种把一封信拆开写的手法是福楼拜首创的。如在包含一百七十五封信函的书信体小说《危险的关系》中,所有的书信都是从头至尾一气呵成,既没被写信者的思绪打断,又没被阅信人的思考暂停;《基度山伯爵》中,维尔福夫人致邓格拉司夫人的长信足有一页多,基度山伯爵爱德蒙·邓蒂斯写给摩莱尔的信也长达二十一行①;《傲慢与偏见》里,舅母致伊丽莎白的信件有五页之多,达西致伊丽莎白的信函多达七页②;《战争与和平》中,玛丽娅公爵小姐给在彼得堡的朋友朱丽·卡拉金娜写的信占去了两页半③。这些长信从始至终都绵延不绝,未曾中断。

现实生活中的真实情况是,不管是写信人还是收信人,都是或者边行文边思考,或者边阅读边想象的。福楼拜在给乔治·桑的信中也曾提道:"在第 211 页的下面,克吕沙尔老头感到有人在拥抱他!他多么震惊! 怎样的爱情火焰啊! 啊,我亲爱的大师! 接下去的五六页可以和您最卓越的作品媲美。当读到那里时,我停了几分钟以享受其中的美妙。"④福楼拜自己读作品时就不乏这种中断的经验。所以,这里才是真正打破了以往文学作品中不管多长,即使十几页都

---

① [法]大仲马:《基度山伯爵》,蒋学模译,北京:人民文学出版社,1978年,第 224—230、522—523、1200—1201 页。

② [英]简·奥斯丁:《傲慢与偏见》,王科一译,上海:上海译文出版社,2008 年,第 358—362 页。

③ [俄]列夫·托尔斯泰:《战争与和平》,娄自良译,上海:上海译文出版社,2010 年,第 672—675 页。

④ 1874 年 6 月 3 日致乔治·桑函,见 Gustave Flaubert, *Correpondance*, Editions Flammarion, Paris, 1981, p. 472。

一口气到底的书信模式,真正展示了生活的原本状态。

与巴尔扎克在作品的开头大书特书人物生活的环境,以及对人物相貌做详细介绍的写法不同,福楼拜在情节中引出人物,作为读者的我们也是在连续不断的时间进程中慢慢了解他们的外貌、他们的生活方式、他们生活于其中的周围环境;事实上,这与我们在现实生活中了解别人的过程是一样的。我们不可能见了一个人就盯着人家前后、上下、左右转着圈地打量一番,也不可能像左拉那样,一上来就会了解一个人的家世,知道他身上正在发作着或潜伏着某种家族病。福楼拜让我们了解人物的过程更符合生活中的真实情况。

第三节　予人幻象乃鹄的

福楼拜认为,幻象是艺术的首要品质和目的。①

为了达到自己所追求的有着艺术真实的幻象,福楼拜做了诸多努力。

首先,使用直陈式未完成过去时(L'imparfait de L'indicatif)以完成由动作到画面的转换。

直陈式未完成过去时的用法一般有以下几种。

---

① 1853 年 9 月 16 日致高莱函,见 Gustave Flaubert, *Correpondance II*, E-ditions Gallimard, Paris, 1980, p. 433。法语原文为:La première qualité de l'Art et son but est l'*illusion*。

其一,延续的状况:未完成过去时主要表示过去处于延续状况的动作,起始和结束的时间都不明确。如:

Mes parents étaient ouvriers.(我父母以前是工人。)

其二,同时发生的动作:未完成过去时所表示的动作既然处于延续状况,因此在叙事中通常会与另一些动作同时发生。如:

Je suis sorti de la classe. Il pleuvait.(当我走出教室时,下雨了。)

其三,描写:未完成过去时常用来描写人物和环境。如:

Hier, il faisait mauvais, le ciel était gris, il y avait du vent. Je suis resté à la maison.(昨天,天气不好,天空阴沉有风。我待在家里。)

其四,未完成过去时常用来表示习惯性或重复性的动作。如:

Nous nous levions à six heures pendant les vacances.(暑假里我们一般六点起床。)

Quand j'étais au lycée, j'allais tous les ans chez mon oncle pendantles grandes vacanccs.(我上中学时,每年暑假都在叔叔家度过。)

福楼拜对此时态使用的新颖之处在于,很多时候他的用法超出了这四种基本模式而独辟蹊径。我们来看以下《包法利夫人》中的例子:

(法语原文)D'abord, il ne savait comment faire pour dédommager M. Homais de tous les médicaments pris chez lui; et, quoiqu'il eût pu, comme médecin, ne pas les payer, néanmoins il rougissait un peu de cette obligation. Puis la dépense du ménage, à présent que la cuisinière était maîtresse, devenait effrayante; les notes pleuvaient dans la maison; les fournisseurs murmuraient; M. Lheureux surtout le harcelait. En effet, au plus fort de la maladie d'Emma, celui-ci, profitant de la circonstance pour exagérer sa facture, avait vite apporté le manteau, le sac de nuit, deux caisses au lieu d'une, quantité d'autres choses encore. Charles eut beau dire qu'il n'en avait pas besoin, le marchand répondit arrogamment qu'on lui avait commandé tous ces articles et qu'il ne les reprendrait pas; d'ailleurs, ce serait contrarier Madame dans sa convalescence; Monsieur réfléchirait; bref, il était résolu à le poursuivre en justice plutôt que d'abandonner ses droits et que d'emporter ses marchandises. ①

（中文译文）首先，他不知道在奥梅先生那儿拿了这么些药，该怎么报答他才好；虽说作为医生，他可以不用付钱，可是他领了这份情，总感到有些腼颜。其次，眼下厨娘在当家，家用开支大得吓人；账单雪片般飞来；店主们啧有烦言；勒侯先生更是纠缠不休。原来，这位老兄趁

①　Gustave Flaubert, *Madame Bovary*, Flammarion, Paris, 1986, p.279.

爱玛病得最重的当口,赶紧把披风、旅行袋、两只而不是一只箱子,还有一大堆别的东西全都拿来讨账了。夏尔说他用不着这些东西,可说了也是白说,商人傲慢地回答说,这些东西都是当初订的货,要退货可不行;况且,夫人正在恢复期,那么着只怕会惹她气恼吧;先生还是再考虑考虑为好;总而言之,他决心已定,即便要打官司也奉陪到底,而要他放弃自己的权益,把这些货物拿回去,那可没门儿。①

(法语原文)Alors, elle se livra à des charités excessives. Elle cousait des habits pour les pauvres; elle envoyait du bois aux femmes en couches; et Charles, un jour, en rentrant, trouva dans la cuisine trois vauriens attablés qui mangeaient un potage. Elle fit revenir à la maison sa petite fille, que son mari, durant sa maladie, avait renvoyée chez la nourrice. Elle voulut lui apprendre à lire; Berthe avait beau pleurer, elle ne s'irritait plus.②

(中文译文)于是,她热心无度地施舍行善。她为穷人缝衣,给产妇送柴;夏尔一天回来,只见厨房里有三个流浪汉,围在桌前喝汤。她生病期间,夏尔把女儿送到了

---

① [法]福楼拜:《包法利夫人》,周克希译,上海:上海译文出版社,2007年,第189页。

② Gustave Flaubert, *Madame Bovary*, Flammarion, Paris, 1986, p. 284.

奶妈家去,这会儿爱玛让人把女儿接回家来。她一心想教她念书;任凭贝尔特<u>怎么哭闹</u>,她就是<u>不发火</u>。①

　　在这两个段落中我们看到,这些动词的未完成过去时表示的既不是过去处于延续状况的动作,也不是表示习惯性或重复性的动作。因为这些动作是一时的而非延续的,是偶尔一次的,而不是重复发生的。爱玛只是生了一次病,她的施舍发善心也是一时心血来潮,很快便过去了。所以福楼拜在这里大量使用动词的未完成过去时,只是借用了这个时态的状态功能,无非是想借用状态达到把动作变为画面的功效,从而给人以画面的幻象。

　　其次,用直陈式现在时(Le présent de L'indicatif)伪造真实。

　　由以上未完成过去时的用法之三可知,未完成过去时常用来描写人物和环境,但是临到描写地貌地形,福楼拜却又舍弃了这一时态,为什么呢? 我们来看一下《包法利夫人》第二部的第一章,夏尔夫妇到达永镇寺前福楼拜对这里进行的一系列描写:

　　(法语原文)Yonville – l'Abbaye（ainsi nommé à cause d'une ancienne abbaye de Capucins dont les ruines n'<u>existent</u> même plus）<u>est</u> un bourg à huit lieus de Rouen, entre la route d'Abbeville et celle de Beauvais, au fond d'une vallée qu'arrose la Rieule, petite rivière qui <u>se jette</u> dans l'Andelle,

---

　　① ［法］福楼拜:《包法利夫人》,周克希译,上海:上海译文出版社,2007年,第193页。

après avoir fait tourner trois moulins vers son embouchure，
et où il y a quelques truites, que les garçocs, le dimanche,
s'amusent à pêcher à la ligen.

On quitte la grande route à la Boissière et l'on continue
à plat jusqu'au haut de la côte des Leux, d'ou l'on découvre
la vallée.①

（中文译文）永镇寺(如此取名,是因为早年曾有个嘉
布遣会②修道院,如今遗迹已荡然无存)是座离鲁昂八里
路的镇子,一头通往阿勃镇,另一头通往博韦,位于里约
勒河谷尽头。这条小河流近河口,转动三座水磨,方才注
入昂代尔河,小河里还有鳟鱼,星期天孩子们常来钓鱼
玩儿。

从布瓦西埃尔离开大路,沿平地往前走,登上野狼
冈,就能望见那座河谷了。③

福楼拜采用了直陈式现在时来描写永镇寺的地形地貌,是因
为他想表达真实存在,他想给读者一种印象,或者说是造成幻象,
以为永镇寺真的存在于小说之外的现实中。

再次,表面的漏洞或错误营造真假莫辨的气氛。

---

① Gustave Flaubert, *Madame Bovary*, Flammarion, Paris, 1986, p. 133.
② 天主教教会,方济各会的一支。会服附有尖顶风帽。
③ ［法］福楼拜:《包法利夫人》,周克希译,上海:上海译文出版社,2007
年,第59页。

在《包法利夫人》中,爱玛眼睛的真实色彩问题经常成为人们攻击作者疏忽大意的把柄。因为爱玛的眼睛在不同的场合被作者分别用黑色、褐色、蓝色来形容,那么这是作者的疏忽还是另有深意呢?

夏尔惊讶地注意到,她的指甲白得透亮,十指尖尖,比迪厄普①象牙还明净,修剪成杏仁的长圆形。不过她的手长得并不美,或许也不够白皙,指节那儿瘦削了点;整个手也太长,轮廓线有欠柔韧。她身上的美,是在那双眼睛:虽说眼眸是<u>褐色的</u>,但由于睫毛的缘故,看上去<u>乌黑发亮</u>,目光毫不羞涩地正对着你,透出一种率真和果决。②

(新婚情形)他心满意足,无忧无虑。相对而坐用餐,傍晚去大路散步,望着她用手拢一下头发,瞥见她的草帽挂在长窗插销上,诸如此类的许多事情,夏尔过去根本想不到其中会有什么乐趣,如今却都使他感到幸福无所不在。早晨并排躺在枕头上,睡帽的花边半掩着她的脸,露出的脸颊被阳光染成了金黄色,他凝神望着那上面的汗毛。挨得这么近看,她的眼睛显得特别大,尤其是在她刚

---

① Dieppe,据钱治安、应小华编著,商务印书馆2007年出版的《法汉专有名词词典》解释:迪耶普,法国滨海塞纳省县城,有三万七千万人。——笔者注

② [法]福楼拜:《包法利夫人》,周克希译,上海:上海译文出版社,2007年,第14页。

醒来，一连眨上好几回眼睛的那会儿；她的眸子在暗处看是<u>黑的</u>，在亮处看是<u>深蓝的</u>，而且仿佛有很多层次的色泽变化，愈往里愈浓愈深，靠近表面就又浅又亮。他的目光消融在这对眼眸的深处，在那儿看见自己的一个齐肩的缩影，头上包着薄绸的布帕，衬衣领口敞开着。①

（包法利夫妇应邀到沃比萨尔的昂代维利埃侯爵府上做客，用餐完毕爱玛梳妆更衣准备舞会装束。）夏尔不作声。他在房间里来回踱着步，等爱玛装束完毕。

他在她背后，从两盏烛台中间的镜子里瞧着她。她的黑眼睛越发显得黑了。头发到了耳鬓微微有些蓬起，闪着幽幽的蓝光；发髻上插一朵玫瑰，在花茎上直颤悠，叶片上有几滴装饰的露珠。一袭橘黄底色的长裙，把三束配有绿叶的绒球蔷薇衬托得分外夺目。②

（从托斯特搬到永镇寺后，包法利夫妇第一餐在金狮客栈和大家一起享用，席间爱玛和莱昂谈得很投机。）"内人在这方面不大有兴趣，"夏尔说；"尽管大家都劝她要多活动，可她就是喜欢整天待在屋里看书。"

---

① ［法］福楼拜：《包法利夫人》，周克希译，上海：上海译文出版社，2007年，第28—29页。

② ［法］福楼拜：《包法利夫人》，周克希译，上海：上海译文出版社，2007年，第43页。

"我也一样，"莱昂接口说；"到了晚上，屋外的风吹得窗子直响，屋里点着灯，这时候坐在火炉边上，手里拿着书，真是再美不过了……"

"可不是？"她说，那双又黑又大的眼睛睁得圆圆地望着他。①

（农场主罗多尔夫·布朗热先生带自己的下人来找夏尔看病，趁机见识了爱玛的美貌，马上垂涎三尺，想入非非）他不一会儿就走到了河对岸（这是回拉于歇特的必经之路）；爱玛瞥见他的身影在草原的杨树底下前行，不时放慢步子，像是在想心事的模样。

"她非常可爱！"他心里想到；"这位医生太太非常可爱！漂亮的牙齿，乌黑的头发，一双脚长得那么小巧，身段比得上巴黎的娘们儿。她是打哪儿钻出来的？那个胖家伙到底是从哪儿把她弄到手的？"②

（爱玛和罗多尔夫在夏尔的撺掇下去户外骑马治病，借机偷情成功，爱玛兴奋于自己有了情人。）等到把夏尔打发走，她就上楼把自己关在卧室里。

---

① ［法］福楼拜：《包法利夫人》，周克希译，上海：上海译文出版社，2007年，第71页。

② ［法］福楼拜：《包法利夫人》，周克希译，上海：上海译文出版社，2007年，第114页。

起先，是一种类似眩晕的感觉；她眼前依稀又是树枝，小径，沟渠，罗多尔夫，而且她似乎觉得他仍然搂紧着她，边上的树叶犹自在抖个不停，灯心草也在簌簌作响。

可是，当她在镜子里瞥见自己的脸时，她不由得吃了一惊。她从没见过自己的眼睛这样大，<u>这样黑</u>，这样深邃。有一种微妙的东西在她身上弥散开来，使她变美了。①

通过以上几处描写我们发现，爱玛不仅眼睛无定色，就连头发也是变色的，有时"闪着幽幽的蓝光"，有时又变得"乌黑"。

在《情感教育》中，我们同样可以发现类似的情况，如阿尔努夫人的相貌问题：

突然，他(弗雷德里克——笔者注)眼前仿佛出现了幻象。

……

她戴一顶宽边草帽，粉红色的飘带在背后随风飘拂。紧贴两鬓的黑发从中间分开，绕过两道长眉的眉梢，梳得低低的，仿佛充满柔情地紧靠在她的鹅蛋脸上。一件带小圆点的浅色细布连衫裙，四面铺开，起了许多褶子。她正在绣着什么；笔直的鼻梁，下巴，整个身躯，清晰地映衬

---

① ［法］福楼拜：《包法利夫人》，周克希译，上海：上海译文出版社，2007年，第145页。

在蓝天的背景上。

……

他从没见过像她那样光亮的褐色皮肤,那样诱人的身材和能透过阳光的纤纤玉指。①

这位让弗雷德里克如痴如醉、神魂颠倒的佳人,到了他的朋友戴洛里耶眼里,只是"一头棕发,中等个儿",总的印象就是"不错,但也没有任何特别的地方"。② 而在情敌罗莎奈特看来,她简直成了"一个半老徐娘,甘草一样的脸色,粗粗的腰身,眼睛像地窖气窗一样大,一样空!"③那么谁的印象是准确的呢? 没有答案。

李健吾先生在《社会科学战线》1983 年第 1 期上发表了一篇名为《〈包法利夫人〉作者的疏忽》的文章,集中展示了福楼拜写作中的几处疏忽甚至是错误之处。比如鲁奥老爹给的诊金数加起来和总数对不上号;金狮客栈的"燕子"去鲁昂,来回的时间和一开始介绍的永镇寺距鲁昂八公里的距离是不符的。细心的读者同样会注意到莱昂和爱玛在马车里颠鸾倒凤时车子所走的路线与现实中的路线迥异。

这里有一个细节足以引起我们的注意:鲁奥老爹给的诊金总

---

① ［法］福楼拜:《情感教育》,王文融译,北京:人民文学出版社,2004年,第3—4 页。

② ［法］福楼拜:《情感教育》,王文融译,北京:人民文学出版社,2004年,第 56—57 页。

③ ［法］福楼拜:《情感教育》,王文融译,北京:人民文学出版社,2004年,第 389 页。

数和所给的多少个每个面值多少的钱币最后加起来不一致,这个地方是作者有意的笔误。"因为草稿明明写着诊费一百法郎,但是作者的定稿却改成了七十五法郎。自找麻烦"①。还有一点我们须谨记,福楼拜是一个追求完美、对作品千锤百炼的作家,不厌文章百回改。他每写一部小说都要花上四五年的时间,有的作品甚至从酝酿到和读者见面达四分之一个世纪之久,如他的《圣安东尼的诱惑》就是如此。善解人意的读者或许会考虑:如此长时间的搁置,作者对小说中诸多细节的描述前后不一也是情理之中的事,在所难免。但是我们不要忘了,虽然福楼拜在作品发表后仍然会连连发现错误,懊悔不迭,但是他所发现的都是文笔错误,或者这个词重复多了,或者那个句子韵律不好了,甚至会有语法错误,但是他从没说过他犯了常识性的错误。即便是犯也不会如此之多。既然我们能明显看出来的疏忽这么多,既然我们有证据说明有的疏忽是故意的,那么依笔者看来,以上提到的这些错误绝大多数应该是作者有意犯的。

这样做的目的就是要给读者一种幻象,让读者明白,文中之所以有这么多真假难辨的地方,是整个小说本来就是作者在艺术真实的基础上虚构的,作者在书中所暗示出来的真意不是针对个别,而是要面对一般、达到普遍效果的。

庸俗的现实可以通过各种手段达到艺术真实,那么怎样对待历史呢?历史也可以处理成幻象吗?

---

① 李健吾:《〈包法利夫人〉作者的疏忽》,载《社会科学战线》1983 年第1 期,第 316 页。

首先需要说明的是，无人能真正还原历史的面目。修史之人的劳动永远要晚于事实的发生。叙述就意味着增添，一件事情发生了，一百个人来描述它，会有一百种不同的描述结果，因为角度不同、目的不同、时间不同等，以至于传到最后，会被人们添油加醋、借题发挥而与原来的真实情况相去甚远甚至不逊霄壤。克罗齐早就说过："一切历史都是当代史。"记忆永远不可能和历史吻合。王尔德认为："艺术的功能就是要创新，而不是记载历史。"

以《萨朗波》为例。先看它的写作原因。《包法利夫人》官司虽然打赢了，福楼拜却十分恼火当局的神经过敏与欲加之罪。为暂缓因硬逼自己把庸俗的日常生活处理得美轮美奂而带来的写作疲惫，加上由来已久的东方情结，以及旅游见闻郁结胸中、不吐不快，而写远古的东方最大的好处是可以避开当局的检查，于是继《包法利夫人》之后，福楼拜开始了《萨朗波》这项浩大的写作工程。所以，从一开始，福楼拜就不是要死死盯住真实的历史，不是为了追求历史的真实。

即便是历史小说《萨朗波》，也是被幻象主宰的。《萨朗波》"是福楼拜照他的幻景幻象写出来的作品。他没利用书中述及的事件做一篇论文出来，如夏多勃里昂之于《殉教者》。也不用米什莱或蒂埃里的手法，准确地重构一种已消失的文明。更不寻求写成一本心理小说。他笔下的人物，都是铁板一块，各怀一种执著的痴情，再加简单而健壮的本能，行事都迳（径）行直遂，不会拐弯"①。

① ［法］亨利·特罗亚：《不朽作家福楼拜》，罗新璋译，北京：世界知识出版社，2001年，第253页。

福楼拜表现的是现代人对于《萨朗波》和《圣安东尼的诱惑》所具有的理想。在给圣伯夫的信中,福楼拜谈到这本小说:"或许你对于关注古代遗迹的历史小说的观念是对的,而在这方面我是失败了。但是,根据种种迹象以及我自己的印象,我想我毕竟创造出了某种类似于迦太基的东西。可问题根本不在这里。我不关心什么考古学!"①乔纳森·卡勒指出,不同于巴尔扎克的细节描写,福楼拜的细节并不致力于构造一种典型环境,"福楼拜笔下的描述似乎完全出于一种表现纯客观的愿望,这就使读者以为他所构架的世界是真实的,然而它的意义却很难把握"②。"叙述者的淡出让读者独自面对并解释叙述的意义"③。福楼拜并不致力于表征历史的真实。作为一部历史小说,它并不缺少历史的行动,缺少的只是对行动的"意义"的意识。这种意识的缺失,"如果归结到它与历史发展或时代的关系上,就是指主人公并不实际介入到历史事变中去,而仅仅将自己封闭在个人的视觉、听觉或内心世界之中"④。总之最后,福楼拜达到了使环境的典型性和历史感丧失、幻象出现的目的。

---

① 赵山奎:《福楼拜〈萨朗波〉的欲望叙事》,载《外国文学》2007 年第 2 期,第 87 页。

② [美]乔纳森·卡勒:《结构主义诗学》,盛宁译,北京:中国社会科学出版社,1991 年,第 291 页。

③ David Danaher, "Effacement of the Author and the Function of Sadism in Flaubert's Salammbo," in *Symposium*, Spring 92, vol. 46(1):3–22. 转引自赵山奎:《福楼拜〈萨朗波〉的欲望叙事》,载《外国文学》2007 年第 2 期,第 88 页。

④ 王钦峰:《从主题到虚无:福楼拜对小说创作原则的背离》,载《外国文学评论》2000 年第 2 期,第 88 页。

福楼拜的两位大师级前辈——巴尔扎克和司汤达的小说创作还是以宏大叙事来表现社会的动荡,记录历史的波澜壮阔,革命事件、改朝换代、战火硝烟都是小说人物活动的舞台,而这些,在福楼拜的小说里只不过或者是远远的背景,或者只是浮光掠影、浅尝辄止而已。"他通过人物的反应、神经、视网膜却不是通过人物的认识、行动介入的姿态来写历史,这样写出的历史只不过是历史的表象而已"①。

此外,《萨朗波》中充满大量感官式的描写。例如描写太阳升起前:"可是东方升起了一条明亮的光带。在左边低处,梅加拉运河开始用它们的蜿蜒曲折的白线,把花园的绿草地画成一块块。……环绕着迦太基半岛一条白沫构成的腰带在动荡,而翠绿的大海仿佛凝固在清晨的寒气中。接着,粉红的天空越来越扩大,建筑在斜坡上的高房子也就一一耸起,而且重重叠叠,仿佛一群下山的黑羊。"②初生的红日:"地上的一切都在大量扩散的红光中蠢动,因为太阳神仿佛将自己撕开,把血管中的金丝雨光华煜煜地倾注在迦太基城中。"③法国批评家让-皮埃尔·理查指出,福楼拜在这方面具有明显的印象主义风格,"把总体的感觉化成许多纯净而又相

---

① 王钦峰:《重审福楼拜的现实主义问题》,载《国外文学》2001 年第 1 期,第 100 页。

② [法]福楼拜:《萨朗波》,郑永慧译,南京:译林出版社,1998 年,第 16—17 页。

③ [法]福楼拜:《萨朗波》,郑永慧译,南京:译林出版社,1998 年,第 17 页。

对照的小感觉"①,小说中比比皆是的这种"小感觉"形成了一个个流动的旋涡,在总体上令读者头晕目眩而丧失了对历史环境的确定感。

> 历史给福楼拜所起的作用就像梦幻对于爱玛一样,这是难得的传奇性。因此,对福楼拜来说,历史与爱玛的梦想起着同样的作用:它与现实瞬间的中断只不过是表面现象。②

爱玛常常生活于梦幻当中,从舞会上回来后,现实中的计日数时都是以舞会的时间为参照:

> 舞会仿佛已是很久以前的事了!是谁,竟会使前天早晨和今天晚上相隔如此遥远?……每逢星期三,她醒来便想:"哦!一星期前——两星期前——三星期前,我还在那儿来着!"③

---

① [法]让－皮埃尔·理查:《文学与感觉:司汤达与福楼拜》,顾嘉琛译,北京:生活·读书·新知三联书店,1992年,第258页。

② [法]皮埃尔·布吕奈尔、伊沃纳·贝朗瑞、达尼埃尔·库蒂等:《19世纪法国文学史》,郑克鲁、黄慧珍、何敬业等译,上海:上海人民出版社,1997年,第215页。

③ [法]福楼拜:《包法利夫人》,周克希译,上海:上海译文出版社,2007年,第48页。

一切跟巴黎有关的东西,哪怕是运往巴黎的生活物资都引起她十二分的关注和羡慕:

> 入夜,运水产的货贩驾着大车,唱着牛至小调从窗下经过,她醒了;只听得箍铁的车轮辚辚向前,驶上镇外的泥地,就很快轻了下去。
>
> "明天他们就到那儿了!"她心里想道。①

在爱玛看来,真正的生活在巴黎,自己置身其中的生活只是一种偶然,只要想办法逃脱眼下的生活,就可以远走高飞,奔向天堂一样的巴黎生活:

> 巴黎,浩瀚胜于大洋,因而在爱玛眼里仿佛在朱红的氤氲里闪闪发光。可是,那儿充满喧闹的躁动纷繁的生活,又是各有地界,分成若干不同场景的。爱玛只瞥见了其中的两三种场景,它们却遮蔽了其他的场景,让她觉得这就是整个人生。……周围习见的一切,落寞沉闷的田野,愚蠢无聊的小布尔乔亚,平庸乏味的生活,在她仿佛只是人世间的一种例外,一种她不幸厕身其间的偶然,而越过这一切,展现在眼前的便是一望无垠的幸福与激情

---

① [法]福楼拜:《包法利夫人》,周克希译,上海:上海译文出版社,2007年,第49页。

的广阔天地。①

浪漫主义文学作品中宣扬的一切,都成了爱玛生活的行动指南。小说中的女主人公与人私通,有情人,爱玛便与罗多尔夫借骑马在森林偷情之后,想到:"这种以身相许的恋人,曾令她心向往之,而此刻她自己仿佛也置身其间,也变成想象的场景中一个确确实实的人物,圆了少女时代久久萦绕心头的梦。"②她给情人写信,是因为书里的女主人公都给情人写信。与莱昂偷欢已令她起腻之时,她仍然继续给他写情书,只是因为:

> 在她看来,一个女人是应当不停地给情人写情书的。
> 可是她一边写着,一边依稀看见另一个男人的身影,这是一个由激情澎湃的回忆、无比美妙的阅读、贪得无厌的欲念生成的幻影;他最后变得如此真实,如此贴近,她的心因惊怕而突突直跳,然而她仍然无法清晰地想象他的模样,他犹如一位天神,在千变万化的显形中让人莫辨真身。他安身的所在幽蓝空漾,在馥郁的花香和皎洁的月光中,从阳台垂下的丝绸软梯在荡来荡去。她觉得他

---

① [法]福楼拜:《包法利夫人》,周克希译,上海:上海译文出版社,2007年,第50—51页。
② [法]福楼拜:《包法利夫人》,周克希译,上海:上海译文出版社,2007年,第145页。

就在身边，就要过来，在一吻之间抱起她飞上天空。①

　　少女时代来自书本的梦幻和来自巴黎舞会的回忆，再糅合自己的欲念，这一复合体是她在现实生活中一直希望成真的蓝本，现实生活只是她用来检验这一稿本的试验场。

　　梦幻对于爱玛来说就是生活的常态，而对一般人而言的真实生活只是她所谓的生活的一种偶然，她认为这两种生活本该合二为一，就算不能融合，那么后者也不是属于她的；她与梦幻生活瞬间的中断只是表象，实质是，她只属于梦想的那种生活。

　　同样，福楼拜在写《萨朗波》时，并没有拘泥于查阅到的考古学的知识，而是在保证细节准确的前提下，用他那个时代的人对于迦太基的理想、用自己的印象来创作《萨朗波》。对于福楼拜而言，他所要书写的历史本来就该是现代人眼中的模样，如果有差距，那也只是瞬间的现象，是二者偶然的中断。

　　福楼拜坚决反对《萨朗波》出插图本，即使出十万法郎，也不同意加一张插图。因为他认为没人可以画得出汉尼拔的相貌和迦太基的椅子。如果真的能画，倒给他帮了大忙，可惜，没人能给他提供这样一幅确切的历史插图。他担心自己辛苦得来的幻境被画匠死板"精确"的插图摧毁，那当初所有的向着朦朦胧胧的幻象所努力的心思就全都泡汤了。

　　福楼拜在 1867—1868 年给阿尔弗雷德·博德利（Alfred

---

　　①　［法］福楼拜：《包法利夫人》，周克希译，上海：上海译文出版社，2007年，第 263 页。

Baudry）的信中说：

> 我绝不同意你的观点，生来就是"文本可以解释画面，画面可以解释文本"这一观点的敌人，我关于这一点的看法很彻底，并且是我的美学的一部分。……一种艺术形式通过另一种艺术形式来解释是一件挺骇人听闻的事。在全世界的任何一个博物馆中，你都找不到一幅需要说明的好的绘画作品。看看展览会的说明书，文字越多，插图就越糟糕。①

每一种表达形式都有自己的特长，如果一种表达方式可以被另一种表达方式代替，那么这种表达方式绝对不是该事物的最佳表达方式。所以福楼拜决不答应给自己的小说做图解，这违背了他每件事物只有一个最佳表达的原则。因为小说这种以文字为媒介的表现类型所传达的意图，是插图这种表现方式所不能传达的。尤其是对于追求幻象之美的福楼拜来说，幻象的朦胧缥缈与图片的具体精确水火不容。

福楼拜的用意就是要营造一种真中掺假、假里藏真的如梦如幻的假象。通过这一艺术真实的追求，达到给读者造成幻象的最终目的。福楼拜的理想是达到普遍性，使作品永恒，而不是简单的对号入座，所以对人们给他的《包法利夫人》加一个"外省风俗"的

---

① 1867—1868 年致阿尔弗雷德·博德利函，见 Gustave Flaubert, *Correpondance III*, Editions Gallimard, Paris, 1991, p. 718。

副标题恼火至极。他的抱负不仅仅是描写外省,而是大到整个巴黎,整个法国,整个人类。

但是福楼拜营造历史幻象是有底线的,即人物故事可以虚构,但是背景必须是真实的。为了产生完美的幻象,细节的绝对准确十分必要。但细节不可以占据主导地位,它们必须始终服务于艺术的主旨。史实的确切性只是产生梦幻效果的条件,而不是那种效果的品质。但艺术中细节的从属地位并不意味着对真理的忽视,它只是意味着将事实转化为艺术效果,让每一个细节实现它适当的相对价值。

第五章

成为艺术的基督徒

　　福楼拜的创作有着"为艺术而艺术"的审美倾向，不同于波德莱尔、马奈等其他"为艺术而艺术"的艺术家的是，他在精神上也给予艺术以最高的价值。他以宗教感情般的虔诚深沉地爱着艺术，把艺术品作为献给艺术这一上帝的祭品，努力追求艺术品的完美，以使祭品毫无瑕疵。同时以基督徒般的执着维护着艺术的超脱与圣洁。

第一节　宗教式的虔诚

　　针对 1831 年雕塑家让·迪塞尼厄在沙龙中展出的一幅绘画作品《疯狂的罗兰》，"为艺术而艺术"的口号被提了出来。他所在的艺术团体创立的艺术观念为：自由发展知识创造力，无论是否会冒犯趣味、习俗和法规，尤其仇视和拒绝被拙劣艺术家定位为"市侩的""庸俗的"或"小市民"的人，赞美爱情的欢乐并使艺术变得神圣，把艺术看作第二创造者。艺术家将精英主义与反实用主义结合在一起，嘲弄传统道德、宗教和责任，蔑视一切主张艺术为社会服务的观念。①

　　发展到福楼拜、波德莱尔和马奈等一批艺术家这里时,他们坚决捍卫艺术的纯洁性和自主性,认为艺术不是为政治、为社会、为金钱、为鉴赏者而进行创作,艺术家应该为艺术本身而进行创作。

　　虽然艺术不承载任何外在于自身的价值,正如奥登(Auden,1907—1973)所言:诗歌并不促使任何事物发生,不要想象艺术是一种旨在促使社会道德和文化提高、树立自信心而设计出来的事物。但是艺术也绝不是玩物,福楼拜说过:"艺术不应该成为玩具,尽管我是'为艺术而艺术'的支持者且深深迷恋它的信条。"②对于把艺术完全当作新形式的试验场所,福楼拜也是难以苟同的。杜刚劝他去巴黎进取,求取功名,他回复道:"你说巴黎有生命气息,我倒常闻到一股龋齿的臭气。散发着一股巴纳斯的味道,多的是唬人的乌烟瘴气花架子,少的是令人心醉神迷的奇光异彩。"③由此看来,福楼拜对于只顾追求形式美的帕纳斯派诗歌还是颇有微词的,他不赞成没有内容而空讲形式。因为在福楼拜看来,形式和内容是融为一体的,形式离不开内容,内容也不能没有形式。艺术绝

---

　　①　参见[法]皮埃尔·布迪厄:《艺术的法则——文学场的生成和结构》,刘晖译,北京:中央编译出版社,2001年,第165页。

　　②　1867年1月9日致 René de Maricour 函,见 Gustave Flaubert, *Correpondance III*, Editions Gallimard, Paris, 1991, p.587。法语原文为:L'art ne doit pas *faire joujou*, bien que je sois partisan aussi entiché de la doctrine de l'art pour l'art。

　　③　1852年6月26日致杜刚函,见 Gustave Flaubert, *Correpondance II*, Editions Gallimard, Paris, 1980, p.120。

对不是玩弄于掌股之间的玩意儿。对艺术要有敬畏感,艺术有着无限的提升空间,应锲而不舍地追求艺术的完美。

福楼拜认为艺术是暴君,"强大到可以完全占有一个人"①,"灵魂和肉体,一个结束的地方是另一个开始的地方"②。不但"幸福像梅毒一样:感染得太早,可能会毁掉你的身体"③。而且"如果你想同时得到幸福和美,你将两个都得不到。因为美只有通过牺牲才能得到"④。所以,"大家都可以像我一样。慢慢地好好工作,只是该摆脱一些欲望,放弃一些柔情"⑤。他一旦从写作中走出来放松几天,就要花费几倍甚至更多的时间才能把自己从现实中拉回到创作的状态。所以为了把自己的时间更多地供奉给艺术女神,他宁可减少自己的娱乐,降低自己的欲望。

为了美,为了艺术,他甚至放弃了上帝。福楼拜断定如果不是对形式的热爱,自己可能会是一个伟大的神秘主义者。但是,福楼拜并没有抛开宗教感情:"最吸引我的,是宗教。我想说的是整个而笼统的宗教,而非具体的此教彼教。单独的教理我很反感,但是

---

① 1853 年 8 月 21 日致高莱函,见 Gustave Flaubert, *Correpondance II*, Editions Gallimard, Paris, 1980, p. 403。

② 1859 年 2 月 18 日致尚特比小姐函,见 Gustave Flaubert, *Correpondance III*, Editions Gallimard, Paris, 1991, p. 16。

③ 1853 年 3 月 25 日致高莱函,见 Gustave Flaubert, *Correpondance II*, Editions Gallimard, Paris, 1980, p. 279。

④ 1853 年 8 月 21 日致高莱函,见 Gustave Flaubert, *Correpondance II*, Editions Gallimard, Paris,1980, p. 402。

⑤ 1859 年 5 月 15 日致欧内斯特·费多函,见 Gustave Flaubert, *Correpondance III*, Editions Gallimard, Paris, 1991, p. 22。

我把他们发明的宗教感情尊奉为最自然最诗意的人类感情。"①出
于本能和需要,福楼拜对黑人亲吻他们的偶像以及圣心大教堂有
着同样的尊重。他所厌弃的只是具体的这教那教和名目繁多的教
义教规教理以及礼拜之类的繁文缛节,但是对一般意义上的宗教
及其宗教感情,福楼拜尊奉之至。他批评高莱:"你的确热爱艺术,
但是你的爱缺少宗教式的虔诚。"②并且,福楼拜把艺术作为自己的
宗教,自己则像虔诚的基督徒一样对其终生膜拜。为了追求作品
的完美,福楼拜殚精竭虑,因为在他看来,这是献给艺术的贡品,不
可有半点瑕疵。

　　福楼拜对布耶说:"文学得了肺病。她咳嗽、长痰、起疱,不住
地刷头以至于头发都掉光了,用俗艳的塔夫绸裹住脑袋。必须有
艺术的基督,才能治愈这麻风病患者。"③在福楼拜看来,现世的艺
术是病态的,是世俗的,所以自己要全身心地投入去拯救它,使它
恢复自己的美的艺术本性。"艺术就像犹太人的上帝,吞噬着祭

---

①　1857 年 3 月 30 日致尚特比小姐函,见 Gustave Flaubert, *Correpondance II*, Editions Gallimard, Paris, 1980, p. 698。法语原文为:ce qui m'attire par-dessus tout, c'est la religion. Je veux dire toutes les religions, pas plus l'une que l'autre. Chaque dogme en particulier m'est répulsif, mais je considère le sentiment qui les a inventés comme le plus naturel et le plus poétique de l'humanité。

②　1847 年 1 月 11 日致高莱函,见 Gustave Flaubert, *Correpondance I*, Editions Gallimard, Paris, 1973, p. 425。法语原文为:Tu as bien l'amour de l'art mais tu n'en as pas la religion。

③　1850 年 11 月 14 日致布耶函,见 Gustave Flaubert, *Correpondance I*, Editions Gallimard, Paris, 1973, p. 709。

品。所以你必须把自己撕碎……"①以飨艺术。在1875年12月20日写给乔治·桑的信中，福楼拜说到写作是一场永久的献祭，他要把自己放在艺术之高品位的祭坛上焚烧。

艺术就是至高无上的基督，艺术家要以基督徒的虔诚和牺牲精神制造出完美的艺术品，奉献给作为上帝的艺术。

正因为福楼拜把艺术当作自己独特的宗教来供奉，所以他努力维护艺术的超脱与圣洁。为艺术超越世俗的精神价值做辩护，为艺术傲然无视金钱的铜臭而守穷，为艺术领先于时代的先锋作用而忽略同时代绝大多数的读者与批评。

第二节　自由之身　不慕名利

自由之身。人是矛盾的结合体这一特征在福楼拜身上体现得尤为明显。体现之一便是福楼拜头脑好动而身体喜静，且好走极端。他经常说自己就像骆驼一样，一旦停下就很难再发动起来，一旦运转起来就不容易刹住，有着极强的惯性。1852年9月25日，他给高莱的信中说："你以为我不想你？长期跟你分离我就不苦恼吗？但是实际情况是，虽然只去三天，但我却失去了半月的时间，因为我要费九牛二虎之力才能把自己的心收回来。这么说惹你不

---

① 1853年8月21日致高莱函，见 Gustave Flaubert, *Correpondance II*, Editions Gallimard, Paris, 1980, p. 404。

高兴,但却是基于多次的经验而言的。"①《情感教育》将要大功告成时,乔治·桑几次请他去自己家里坐一坐聊一聊,他委婉地拒绝道:"在小说将要完工的时候走动,我怕前功尽弃。您的朋友是个蜡做的,一切都会在上面留下印痕,嵌进,直至完全深入。……我得花很大力气,才能把心收回来。"②如果说慵懒是福楼拜对抗平庸现实的消极表现,那么艺术则是一种积极的成绩。

1840 年 8 月,十八岁的福楼拜通过中学会考后,父亲提议他到法国南方和科西嘉旅行一次,作为对他勤奋与成功的奖励。在马赛,福楼拜得遇青春貌美又情场老到的欧拉莉,带他尽享了性爱之美,为他开启了人生中一扇新的亮窗。但是他领略云雨欢娱仅仅几日之后,就开始担心依恋太甚,会威胁到他的平宁。他已感觉到需要保护自己心中一方安静的乐园,这就必须挡住情妇唐突冒失的进扰。离开情妇固然有着不舍,但是对喜欢有自己空间以容思考的福楼拜来说,又是一种不小的解脱。在肉体上依恋一个人,是福楼拜避之不及的,日常生活中的相互牵制为他所不能容忍。他愿意跟喜欢的女友聊天消遣,有生理需求时则去找妓女。这样,至少写作可以不受干扰。

在这次科西嘉旅行过程当中有了对女性身体的领略之后,1841 年 3 月 28 日,他在给好友欧内斯特·舍瓦利耶的信中说:"你

---

① 1852 年 9 月 25 日致高莱函,见 Gustave Flaubert, *Correpondance II*, Editions Gallimard, Paris, 1980, p.162。

② 1868 年 3 月 19 日致乔治·桑函,见 Gustave Flaubert, *Correpondance III*, Editions Gallimard, Paris, 1991, p.737。

说没有女人,在我看来这明智得很,女人是一种庸俗的动物,这个品种甚是愚蠢,是男人把她们理想化了,女性的身体只能带给想象者以乐趣,但是依我看现实并不那么理想。"①

1845 年 5 月 13 日,他致函普瓦特万:"卿卿我我,很是没趣。我的爱好太广太深,需要以超常的毅力持之以恒,致使我已没有男女方面的渴求,我就像你小说里的诗人,对女人我远观而不亵玩。"②对于福楼拜来说,偶尔为之的男女之欢乃是生活的调节剂,甚至是一种堕落,会扰乱他正常的艺术生活,他总认为男欢女爱会降低人的智力,所以努力使自己做到清心寡欲,以过上一种在他看来是积极上进而又合乎身体实际的生活。

福楼拜的生命中有一个很重要的女人,路易斯·高莱,他在1846 年 9 月 18 日给她的长信中写道:"我曾跟你说过,当我几乎还是个孩子的时候,我有过一次伟大的激情。当它结束的时候,我把自己分成了两半:一半是灵魂,留给艺术;一半是肉体,无论怎么生存下去都行。然后你出现了,把这一切全都打乱了。好,我又回到了人的生存状态!"③然而就是这个对他的存在而言如此重要的总是被他称作"亲爱的缪斯"的人,无论如何软硬兼施,他都不愿与她结婚,表面原因他说过,如果天天面对,就没有激情了。"幸福只

---

① 1841 年 3 月 28 日致欧内斯特·舍瓦利耶函,见 Gustave Flaubert, *Correpondance I*, Editions Gallimard, Paris, 1973, p.78。

② 1845 年 5 月 13 日致 Alfred de Poittevin 函,见 Gustave Flaubert, *Correpondance I*, Editions Gallimard, Paris, 1973, p.230。

③ 1846 年 9 月 18 日致高莱函,见 Gustave Flaubert, *Correpondance I*, Editions Gallimard, Paris, 1973, pp.349 – 350。

是一个梦,所以寻找它会造成生活的灾难。"①"如果我们希望河水流得更快些,我们会把河围堵住,但这样水也出问题了,擤鼻涕用劲儿太狠了会出血,跳水太深了会碰破头。所以当我们的爱失去理智,我们会自食恶果。"②但是深层原因也不难看出,那就是他要为艺术献身,他要与艺术长相厮守。"你对我有着难以抗拒的吸引力,而我,对于吸引我的事物,一向是持怀疑态度的。……生活令我反感,把我裹挟进去的,令我难以忍受。"③他浪漫自由的心性,绝对不允许自己受到婚姻生活中柴米油盐的熏染,绝对受不了那对他来说强大到令人窒息的婚姻的束缚。

福楼拜不仅自我克制甚严,还经常劝诫爱徒兼同行莫泊桑。在给莫泊桑的信中,他嘱咐道:"你要以文学为重,节制自己,要慎于立身行己! 一切取决于自己所定的目标。一个人以艺术家自许,就没权力像常人一样生活。"④在给费多的信中也提出忠告:"跟女人交接谨防损毁你的智力。否则会把才能丢在子宫里……把你的阳刚留给文章和墨水瓶,克制性欲,要相信,像(日内瓦的)蒂索所说(《论自慰》第72页,参见插图):失去一盎司精液,比流失三公

---

① 1847 年 10 月致高莱函,见 Gustave Flaubert, *Correpondance I*, Editions Gallimard, Paris, 1973, p. 476。

② 1847 年 2 月 27 日致高莱函,见 Gustave Flaubert, *Correpondance I*, Editions Gallimard, Paris, 1973, p. 443。

③ 1846 年 12 月 20 日致高莱函,见 Gustave Flaubert, *Correpondance I*, Editions Gallimard, Paris, 1973, p. 420。

④ 1876 年 7 月 23 日致莫泊桑函,转引自[法]亨利·特罗亚:《不朽作家福楼拜》,罗新璋译,北京:世界知识出版社,2001 年,第 403 页。

升血液还令人疲乏。"①

意密体疏,是福楼拜维系情感长久与新鲜的秘诀。在有生理需要时他可以去找妓女,至于情人,偶尔为之,则魅力无穷,一旦对方想进入他的生活,他坚决拒绝,毫无商量的余地。在他看来,爱情不是也不应该是生活的第一要义,对于向往艺术的心灵来说,排在爱情之前的还有很多东西。爱情不是人生的主菜,只是调料而已。

友情也是有一定限度的,福楼拜不屑与道不同的朋友相谋。他对把文学当作仕途跳板的杜刚越来越反感,对杜刚屡屡劝他到巴黎谋取功名也是忍无可忍,常常恶言恶语进行驳斥与讥讽。在1852 年 7 月 3 日给高莱的信中说:"我是好好先生,但有一定的界限,(我的自由)不可逾越。可是他(杜刚——笔者注)居然想侵犯我最私人的领地,我把他逼退到墙角,保持一定距离。"②杜刚的汲汲于功名,最终使他与福楼拜的距离越来越远,以致分道扬镳。

福楼拜写作时常常为找不到恰当、准确、唯一、美的表达而焦虑、苦恼,但是从父亲行医的过程当中他悟到,只有热爱艺术,甚至达到狂热的、顶礼膜拜的程度,并顽强而长期地训练才能达到对艺术出自本能的感觉。所以福楼拜形容自己穿上道袍就是牧师,他完全成了艺术这一"宗教"的忠实信徒。他尽量减缩人生:终身未

---

① 1859 年 2 月初致费多函,见 Gustave Flaubert, *Correpondance III*, Editions Gallimard, Paris, 1991, p. 14。

② 1852 年 7 月 3 日致高莱函,见 Gustave Flaubert, *Correpondance II*, Editions Gallimard, Paris, 1980, p. 122。

婚,与朋友只保持君子之交,远离宗教的繁文缛节,离群索居,以便使自己可以把最多的时间献给文艺女神,以显出她的万端仪态。

不慕名利。福楼拜主张艺术家的贵族化:"我坚决认为,一个艺术作品(与这个名字相称的、凭良心创作出来的)是无法定价的,它没有商业价值,不可能买卖。结论是:如果艺术家没有年金收入,他可能会饿死!"①艺术是一件奢侈品。需要白净又悠闲的手,需要艺术家丰衣足食,才能不为牟利而从事创作。"当一个人想用笔挣钱时,他应该从事新闻业,写专栏或剧本。"②如果一个人想赚钱,他就该改弦更张,福楼拜在为金钱而写作之前,他是宁可去当马车夫的,否则既会使艺术堕落,也会使艺术家娼妓化。要为艺术而艺术,否则任何职业都优于文学。

福楼拜不放过任何机会攻击左拉的自然主义信条,对此,左拉不慌不忙,慨然答道:"阁下家中小有资财,很多难题都跳过去了……不才我完全要靠这支秃笔挣口饭吃,不得已写各种见不得人的东西,还有报屁股的文章,从而保持了点——怎么说呢? ——江湖气……不错,我跟你一样取笑'自然主义'一语;然而,我还会翻来覆去说,因为,总要命名一下,让大众觉得这是新玩意儿。"③左

---

① 1872 年 12 月 12 日致乔治·桑函,见 Gustave Flaubert, *Correpondance*, Editions Flammarion, Paris, 1981, p.414。

② 1867 年 1 月 4 日致 René de Maricour 函,见 Gustave Flaubert, *Correpondance III*, Editions Gallimard, Paris, 1991, p.585。

③ 《龚古尔日记》(1877 年 2 月 19 日),见 Edmond et Jules de Goncourt, *Journal*: *Mémoires de la vie littéraire II*, Robert Laffont, Paris, 1989, pp.728 - 729。

拉的如实回答,也正应了福楼拜的断语,纯正的艺术家,是该以有着优裕的生活为前提的,否则只能沦为连自己都要揶揄自己一把的"作家"甚至"写手",而远非艺术家。正因为如此,巴尔扎克早期为了赚钱糊口而出版的作品都是以笔名署名的,他也是第一个貌视这些小说的人。直到那些迎合大众口味的庸俗作品为自己赚够了生活费之后,他才同意把完全不同于之前的作品、开始阐述自己哲学或宗教观点的第一部小说《朱安党人》署上自己真实的姓名——巴尔扎克。

但是福楼拜从不认为自己可以在经济上奢侈享乐,相反他一向是节俭度日的。费多在信中说福楼拜因为家有积蓄,所以可以很幸运地从容写作,但是福楼拜反驳道:

> 　　同行们总是散布我有三个苏的收入,这几个钱只是使我免于饿死罢了。模仿我不容易,且看我的生活:第一,一年有三个季度生活在乡下;第二,没有女人(虽然区区小事,但是微妙而重大),没有朋友,没有犬马,总之没有人生的任何享乐;第三,除了作品,我什么都不在乎。……文人急不可耐地想看到自己的作品印刷出版,搬上舞台,名声大噪,受人追捧,我惊讶为一种疯狂。……我完全可以很富有,但我把一切都丢开,就像北非的贝都因人,宁愿固守在沙漠里,坚守在自己的高贵中。①

---

① 1859 年 5 月 15 日左右致欧内斯特·费多函,见 Gustave Flaubert, *Correpondance III*, Editions Gallimard, Paris, 1991, p. 22。

　　到《三故事》出版的时候，福楼拜已经是年轻作家崇拜的对象，他们把自己的作品寄给福楼拜，以求指点。这一令人鼓舞的现象促使雨果向福楼拜建议，觉得他应该提出进入法兰西学士院的申请，但是福楼拜却在 1877 年 4 月 2 日致友人的书信中连连说道："我还没那么蠢！"他对法兰西学士院的那帮学究相当不屑，宁愿无宗无派，自在逍遥，做一辈子独行侠。

　　福楼拜是典型的没有经济头脑："我不懂五法郎与一个念头（une idée）之间的关系，应该爱艺术本身。"①"必须为自己而不是为读者大众搞艺术。如果没有我的母亲和我可怜的布耶，我也许不会付印《包法利夫人》。"②1869 年 11 月 17 日，《情感教育》出版。新闻界将它贬得一无是处，米歇尔·莱维在五年的时间里为该书的两卷已经支付了一万六千法郎，宣布不再支出费用。但是福楼拜从未泄气，赚不了钱，并不能说明自己的作品不是一流的，只能说明自己已经超出了读者的眼光和品位太多了。他还常常对来到眼前的赚钱机会视若无睹。圣马丁剧院提议，把《包法利夫人》适当改编，搬上舞台，但是福楼拜断然拒绝。因为他认为，这是艺术与金钱的交易。他骄傲地认为，如果想搞戏剧，自己可以从正门堂堂正正地进去，否则，再多的钱都不为所动。他在给阿尔弗雷德·博

---

　　①　1867 年 1 月 4 日致 René de Maricour 函，见 Gustave Flaubert, *Correpondance III*, Editions Gallimard, Paris, 1991, pp. 585 – 586。

　　②　1876 年 6 月 5 日致尚比特小姐函，转引自［法］福楼拜：《福楼拜小说全集》（下），刘益庚、刘方译，北京：人民文学出版社，2002 年，第 563 页。

德利的信中明确表示,这意味着他少了三千法郎的进项。他自认为自己就是这副德性,穷得清白。如果把他归入写手之列,会激怒他的骄傲。

福楼拜为了使自己的《萨朗波》手稿能不经审读照排,不加插图(怕梦境毁于画匠死板的精确)出版,降低标杆,同意只以一万法郎出让给米歇尔·莱维。而同一年,被福楼拜大加鞭挞的雨果的《悲惨世界》,却得了三十万法郎。福楼拜不是不知道雨果这种媚俗的好处,但是他宁可损失金钱,也绝不同意为了迎合出版和读者被审查修改以及插图害意。

> 幻想力的高度浓缩和意图的强大张力是艺术气质的典型特征,它们本身就是一种限制。对于那些沉浸在形式之美中的人来说,其他的事物似乎都不会太重要。①

对此,虽然例外者不在少数,但福楼拜却有着艺术气质的典型特征,是艺术最忠实的信徒。艺术要求它的信奉者要耐得住孤独寂寞,福楼拜做到了:"到周四我都是一个人。我将利用这几天推进我的工作,因为在完全孤单的状态下我工作得更好。"②艺术要求它的献身者守得住一生清贫,福楼拜合格了:"除了作品,我什么都

---

① [英]奥斯卡·王尔德:《谎言的衰落:王尔德艺术批评文选》,萧易译,南京:江苏教育出版社,2004 年,第 53 页。

② 1859 年 8 月 21 日致欧内斯特·费多函,见 Gustave Flaubert, *Correpondance III*, Editions Gallimard, Paris, 1991, p. 36。

不在乎,包括成功、时间、金钱和出版……"①"我确信,我现在写的东西(指《萨朗波》——笔者注),不会成功(指热销——笔者注),算了! 我三倍的不在乎……我不想做出让步,我要写惊世骇俗的东西……"②因为福楼拜一直相信,艺术家的价值,固然在于实绩,但更在于憧憬;成功只是结果而非目标,他从不寻求成功,虽然他渴望成功。

第三节　捍卫艺术　守望未来

无用之为大用。

福楼拜为艺术辩护的第一幕是在自己的家中上演的,他试图说服认定文学只有消遣功能的父亲:文学是人类的灵魂。

杜刚在他的《回忆录》(Souvenirs Littéraires)里记载了福楼拜父子二人关于文学功用的讨论。事情是这样的,经过相当的迟疑,福楼拜向父亲如实道出自己的文学志愿和已然偷偷从事文学创作之后,老福楼拜医生拉长了脸,无可奈何,只是要求当时已被神经系统疾病折磨得身体虚弱的儿子给自己念念他写的东西。听着听着,医生居然睡着了。醒来以后老福楼拜发表了自己关于文学的

---

① 1859 年 5 月 15 日致欧内斯特·费多函,见 Gustave Flaubert, *Correpondance III*, Editions Gallimard, Paris, 1991, p. 22。

② 1858 年 6 月 24 日致欧内斯特·费多函,见 Gustave Flaubert, *Correpondance II*, Editions Gallimard, Paris, 1980, p. 819。

见解。杜刚在《回忆录》里是这样描写的:

> "写作是一种消遣,它本身并不是什么坏事:这总比
> 上咖啡店或者去赌场输钱好多了;但是它需要什么东西
> 吗? 笔,墨水和纸,就足够了;不管是谁,只要他有闲工
> 夫,都可以像雨果或者像巴尔扎克写出一部小说。文学,
> 诗,究竟有什么用处? 从来没有人知道。"——居斯塔夫
> 嚷了起来:"大夫,既然这么说,你能够给我解释一下,脾
> 有什么用吗? 你不知道,我更不知道,然而对人体来说却
> 是必不可少的,犹如人的灵魂离不开诗!"老福楼拜一耸
> 肩,没答话就走了。①

在老福楼拜看来,写作的唯一作用是消遣,仅强于无所事事、
东溜西逛,总比危害家庭甚至社会的好,并且造价极低,成功所需
也只是时间而已。儿子本身有病,在当父亲的看来,儿子在世应该
是时日无多了(父亲以为他命不久矣,很早就为他挖好了坟穴),何
必非要拗着儿子呢? 只要儿子高兴,放任自流好了。然而他对文
学、对诗歌始终不屑一顾,因为它们没有实用价值。

对于福楼拜而言,谈论文学的实用价值,这本身就是对文学的
一种冒犯和亵渎。他本能地反对艺术本身之外的附加价值,既然
是艺术,既然是艺术家,就不可能有用(l'utilité)。但文学这种表面

---

① Thierry Poyet, *Pour une Estétique de Flaubert-D'après sa correspondance*,
Saint-Pierre-du-Mont, Cedex, France, 2000, pp. 34 – 35.

看来没有实用价值的东西,却有着巨大的精神价值。它是艺术,是人类的灵魂,是人得以存在的理由,是他生活的方式。

> 我们带着平庸的使命来到世间,不要想着最后能达到什么境界,那是很傻的!文学是一个傻子的职业。就像在拥抱木头或孵化石头。……支撑我的是一种信心,那就是我处在真实中,只要我在真实中,我就身处幸福之中。①

写作能让他有一种真实感,从而获得幸福感。他劝慰尚特比小姐,让她慢慢地、沉着冷静地读一读蒙田,它会让人冷静下来。"为了生存而读一些书"②,而不要像小孩子为了娱乐而读,也不是像野心家为了得到某种教益而读。为了生存而读,深入地学习歌德、莎士比亚,读一些希腊、罗马作家如荷马、普劳图斯等人作品的译本,这样能让人的灵魂有一个由伟大精神的流露所组成的氛围。在福楼拜看来,从事文学创作和阅读文学作品是关系到一个人生存和灵魂的事情,文学的精神作用是无论怎样强调都不过分的。

不向公众邀宠。

真正的艺术无视读者,真正的艺术家只为自己写作。艺术从

---

① 1853 年 4 月 13 日致高莱函,见 Gustave Flaubert, *Correpondance II*, Editions Gallimard, Paris, 1980, p. 303。

② 1857 年 6 月 6 日致尚特比小姐函,见 Gustave Flaubert, *Correpondance II*, Editions Gallimard, Paris, 1980, p. 731。

来就不应该去尝试迎合公众,而是公众应该努力去培养和提升自己的艺术鉴赏能力。

无视读者,是因为"存在于人类身上深深的愚蠢像人类本身一样永恒。对人民的教育和穷苦阶层的道德,我认为,那是将来的事。至于群众的智力,我持否定态度,不管发生什么事情,他们总归是群众。在历史上有很少一部分人(每个世纪三四百个)自柏拉图时代直至今日是没有变的;他们是世界的意识。至于社会机体的下层,你永远不可能提升他们。……住在象牙塔里是一种安慰,这样,我们就既不会成为受骗者也不会成为骗子"①。大众对艺术的接受来自已有的艺术品,他们的艺术鉴赏能力来自已有艺术品的熏陶和教育,但是艺术品之所以成为艺术品是它们不同于以往的艺术,能为艺术界带来新的、过去没有的因素,这种新奇性是大众所不能接受和容忍的,他们不喜欢它,因为他们害怕它,他们讨厌在开拓艺术主题方面进行任何新的尝试,那样会逼迫他们思考,会打破他们已有的前在视野,冒犯他们的惰性,所以他们以经典为武器,阻挠美在新的艺术形式下进行的自由表达。"自从基督教诞生以来,群众就失去了他们的诗意。要说雄伟壮丽,就别跟我谈现代。没有任何东西能满足最末流的连载小说作家的想象力。"②他在为埃德蒙·德·龚古尔的小说《桑加诺兄弟》所作的序言中说:

---

① 1866 年 1 月 16 日致尚特比小姐函,见 Gustave Flaubert, *Correpondance III*, Editions Gallimard, Paris, 1991, p. 479。

② 1844 年 6 月 7 日致 Louis de Cormenin 函,见 Gustave Flaubert, *Correpondance I*, Editions Gallimard, Paris, 1973, p. 210。

"你们有什么必要直接向公众讲话？他们不配听我们的心里话。"

这位曾以蔑视的态度不准后世对他怀有个人兴趣的作家，"极其讨厌自己的同类，也不想跟他们同类"①。所以，1877年，福楼拜烧毁了他和杜刚所有的通信，因为他不希望人们在他们死后将这些书信拿去发表。虽然据我们现在所知，"所有的"一词并不准确。

福楼拜批评布耶替公众考虑太多了："想取悦所有人，所以做了那么多却什么也没做，他动摇、奉承、痛苦。……从来不该考虑公众，至少对我来说是如此。"②

他批评雨果向大众邀宠：

> 《悲惨世界》是一系列的老生常谈。但是它不允许非议，否则就有密探的嫌疑。作者的地位是不可攻击和不容指摘的。——我一生崇敬他，然而如今我要表示我的愤慨！我必须爆发。
>
> 我发现这本书既不真实，也不伟大。至于文笔，他给我的印象是自甘堕落。这是谄媚于大众的一种方法。雨果把关注和体贴给了所有人。圣西门主义者、腓利比主义者以至于旅店老板等等，在他的系统中都占有苦难的一席之地。……哪里有像芳汀（Fantine）那样的妓女、

---

① 1853年5月26日致高莱函，见 Gustave Flaubert, *Correpondance II*, Editions Gallimard, Paris, 1980, p.335。

② 1857年5月20日致于勒·杜卜朗函，见 Gustave Flaubert, *Correpondance II*, Editions Gallimard, Paris, 1980, p.721。

舟·阿让那般受苦受难的人和如 A、B、C 那帮家伙般愚蠢的政客？你会看到在心灵深处他们屡遭折磨。他们是一些以福来主教（Mᵍʳ Bienvenu）为首的木偶、糖人。通过社会主义狂热，雨果如中伤苦难般诽谤了教会。哪里有要求一名大革命的国民大会成员请求自己祝福的主教？哪有解雇一名女工是因为她有一个孩子的工厂？等等。这些离题的东西！很多！很多！那一关于肥料的段落定会让伯累坦（Eugène Pelletan，法国左翼政治家，倡导在福楼拜看来所谓的科技进步。——笔者注）陶醉。这本书是为基督教－社会主义的恶棍、为哲学－福音主义的寄生虫而设计的。马吕斯（Marius）是一个漂亮人物，他靠一块排骨活了三天。而英吉拉（Enjolras）一生中只送出两个吻，可怜的家伙！至于他们的话，虽然说得好，但都是一个模子。老吉尔诺曼（Gillenormant）的糊涂话，舟·阿让临终的谵妄，恰洛米（Tholomiès）和甘泰斯（Grantaire）的幽默——都如出一辙。无数的双关语和笑话、做作的高尚精神，没有任何意义的戏剧性。——与主题无关的大量解释，没有一个是主题必不可少的。相反是这样一些说教：普选制是一件非常漂亮的事，必须教育民众，诸如此类重复到令人发腻的论调。总之这本书是幼稚的，除了少数较好的段落。虽然观察在文学中是第二位的品质，但作为巴尔扎克和狄更斯同时代的人，他没有权利把社会写得这样虚假。然而这是一个很好的主题。但它要求理智的参与和科学的气度！事实是，雨果鄙视科学。
……后人不会原谅雨果，因为他成为与他本性不符的思
想家。——他的狂热为他带来了一个怎样的哲学家的形
象！而且是怎样一种哲学！……跟拉辛或拉封丹相比，
他的思想就不是很高明了。也就是说，虽然也像他们一
样，他概括了他所在的时代的一些陈腐的流行观念的要
旨和实质，——就是因为这样一种坚持，他忘记了自己的
作品以及他的艺术。……他对美是如此漠然！①

福楼拜大书特书自己对《悲惨世界》的不满，因为它夸张、做
作、不合实际，更让他忍无可忍的是所有这些都不是出于美的考
虑，而是源自媚俗的自觉。那么，在福楼拜眼中，它只能是小说，而
不能是艺术。

总之，围绕我的第一本书吵嚷喧闹，我认为这与艺术
太格格不入，所以我对自己都恶心了。此外，由于我自尊
甚强，我渴望保持这份自尊，如今我却在失去它。你知
道，我从没有付诸印刷的愿望。什么都不出版我照样生
活得很好。我认为根本不可能在想作品之外的事情时写
出一行字。我的同代人可以不理解我写的句子，我也可

---

① 1862 年 7 月(?)致热奈特夫人函，见 Gustave Flaubert, *Correpondance III*, Editions Gallimard, Paris, 1991, pp. 235 – 237。

以不解他们的掌声，——和他们的法庭。"①

被读者瞩目，为大家所谈论，这种在其他大多数作家看来实属求之不得的美事，福楼拜却反感至极。他不关心能否出版，是否畅销，不管是掌声还是法庭，都无法使他降低艺术的身份去迁就读者大众。如王尔德所断言的那样："艺术从来就不应该去尝试迎合公众，而是公众应该努力去培养自身的艺术鉴赏能力。"②福楼拜只为自己而写作，只为美而写作，只为写作而写作。

不向批评妥协。

这里的"批评"是广义的，当然，主要是指批评家的批评，但也包括读者以及法官、剧场老板、书商等各色人等的批评。

1877 年，福楼拜听到一条滑稽新闻，曾以《包法利夫人》有伤风化、亵渎宗教而对福楼拜提起诉讼的前帝国律师艾奈斯特·毕那尔，自己却性喜写淫诗！此公对作品的看法又怎会公正？

福楼拜曾反问道："你在哪儿见过一个评论是非常关心作品本身的吗？"③他们不是赞美庸俗而愚弄大众，就是出于嫉妒而扔文艺炮弹，并且炮弹常常是裹有道德的糖衣。新闻界一贯用愤怒的尖

---

① 1857 年 2 月 11 日致阿尔弗雷德·博德利函，见 Gustave Flaubert, *Correpondance II*, Editions Gallimard, Paris, 1980, pp. 680 – 681。

② ［英］奥斯卡·王尔德:《谎言的衰落:王尔德艺术批评文选》，萧易译，南京:江苏教育出版社,2004 年,第 242 页。

③ 1869 年 2 月 2 日致乔治·桑函，见 Gustave Flaubert, *Correpondance*, Editions Flammarion, Paris, 1981, p. 215。法语原文为:Où connaissez-vous une critique qui s'inquiète de l'œuvre en soi, d'une façon intense?

叫来欢迎巴尔扎克的作品,指责它们伤风败俗。1852 年底,龚古尔兄弟因登载于《巴黎报》1852 年 12 月 15 日的一篇文章而被第六轻罪法庭传讯,欲加之罪为败坏道德和教唆淫逸。1853 年 2 月 3 日,幸免处罚。1856 年 2 月,格扎维埃德·蒙特潘于 1855 年出版的小说《石膏姑娘》因败坏社会道德和习俗罪而被罚款五百法郎,并监禁三个月。还连累到出版商(加罚五百法郎)和印刷商(负责销毁该书)。1857 年夏天,波德莱尔因《恶之花》被轻罪法庭传讯。最终结果是罚款三百法郎,二百法郎由出版商承担。虽然亵渎宗教的罪名没能成立,但是有六首诗歌被判为败坏了社会风俗。由此可知,这种伤风败俗的指责正是虚弱无力的文人墨客对绝大部分生气勃勃和雄浑有力的文学作品所施加的千篇一律的侮辱。

如果不是为了艺术自身的提高,福楼拜不会向任何批评让步,他像保护自己的孩子一样维护着艺术的圣洁。

在福楼拜看来,各种批评愚蠢透顶:

> 根据法兰西学士院的说法,高乃依对戏剧一窍不通。若夫华①诋毁伏尔泰。叙布里尼②嘲笑拉辛。拉阿普一听见莎士比亚的名字就暴跳如雷。老式的文艺批评使他们

① 不知此处是否指博物学家和动物教授若夫华 - 圣依莱尔(1772—1844)。转引自〔法〕福楼拜:《福楼拜小说全集》(下),刘益庾、刘方译,北京:人民文学出版社,2002 年,第 254 页,注释 1。

② 叙布里尼(1636—1696),法国作家。曾写作喜剧《疯狂的争吵》以匹配拉辛的《安德洛马克》。转引自〔法〕福楼拜:《福楼拜小说全集》(下),刘益庾、刘方译,北京:人民文学出版社,2002 年,第 254 页,注释 2。

倒胃口,他们(布瓦尔与佩库歇——笔者注)想了解新式的,于是弄来一些报纸上的戏剧分析文章。

多么放肆! 多么顽固! 多么不诚实! 对杰作进行凌辱,对平庸之作却顶礼膜拜;被误当成学者的人无知无识,被捧为才智超群的人愚蠢之至![1]

足见风雅之士的意见是有欺骗性的。而群众的判断又不可思议:"受欢迎的作品有时并不讨他们(布瓦尔与佩库歇——笔者注)喜欢,而公众喝倒彩的作品里却有些东西被他们认可。"[2]批评家对《圣安东尼的诱惑》极尽挖苦讽刺之能事,将其贬得一无是处,分文不值;但是销量还差强人意。难道是读者比批评家更高明吗? 显然是批评家的论断和群众的判断都靠不住。

这么久没有给您写信,我为此感到羞愧。我经常想到您,但两个半月以来,我一直全神贯注于一项工作,到昨天才算结束。是一出梦幻剧,我怕不会有人愿意公演。我准备为它写一个序,对我来说,这个序比作品本身还重要。我指望公众能注意一种壮观而前途广阔的戏剧形式,但到目前为止,这种形式还只被看成一些非常平庸的

---

① 引自《布瓦尔与佩库歇》,参见[法]福楼拜:《福楼拜小说全集》(下),刘益庚、刘方译,北京:人民文学出版社,2002 年,第 254 页。

② [法]福楼拜:《福楼拜小说全集》(下),刘益庚、刘方译,北京:人民文学出版社,2002 年,第 254 页。

东西的背景。……①

公众的品位低下，艺术家的创作远远超过了庸众的理解与欣赏水平，但是现代批评不仅不去提升他们，还降低艺术以迁就公众：

> 现代批评把艺术捧得很高。人们不是在推广普及美，而是在降低其价值，就是这样。为了使儿童接近古代，人们对古代做了些什么？一些无比愚蠢的事！但是对古代进行删改、翻译、弱化又是件多么舒服的事啊！对于矮子来说，注视着缩短了的巨人又是多么悦目啊！在艺术里，最好就是躲进平庸的本性，也就是与大多数人一致。为什么因此利用卑鄙的手段去歪曲事实？②

对于阳春白雪，下里巴人所做的不是仰望然后提升自己的高度以接近之，而是把它削低来屈就自己的水平。

> 对群众做些什么呢？艺术、诗歌、文笔？他们根本不需要这些。给他们轻喜剧以及有关监狱工作、工人城市、

---

① 1863 年 10 月 23 日致尚特比小姐函，见 Gustave Flaubert, *Correpondance III*, Editions Gallimard, Paris, 1991, p. 352。

② 1853 年 5 月 17 日致高莱函，见 Gustave Flaubert, *Correpondance II*, Editions Gallimard, Paris, 1980, p. 328。

当前的物质利益等等的文章。反对创新的咒骂一直存在，这一点要牢记于心。你越是色彩鲜明，越是遭反对。为什么大仲马的小说会取得辉煌的成功？因为没有创新。行动是为了娱乐读者。人们在床上读着消遣，书合上后，头脑中不会留下任何印象，都像清水一样流走了，人们又回到他们的琐事上去了。①

　　大众的低品位只能是维持原状或者越降越低。创新会挑战大家原有的具有惰性和惯性的欣赏习惯，所以是一件吃力不讨好的事，陌生化并不能总是令大众耳目一新。那要把握好度才行，只要超过了他们那低得不能再低的界限，如期而至的将是他们投来的冷处理：置之不理，或者是热启动：冷嘲热讽。过于超前的创新只能等待眼光超前的伯乐发现后给予好评，才会以长时间作为保障慢慢改变大家对原作品固有的消极看法。如福楼拜的《情感教育》在日后渐渐赢得马塞尔·普鲁斯特、弗朗兹·卡夫卡和约瑟夫·康拉德等高素质读者的赞赏之前，于 1869 年面世时是一个彻底的失败。

　　于是批评界就形成了这种黑白颠倒的混乱局面："一部作品越好，它引起的批评也就越多。就像跳蚤总是跳到白色的内衣上一

---

　　①　1853 年 6 月 20 日致高莱函，见 Gustave Flaubert, *Correpondance II*, Editions Gallimard, Paris, 1980, p.358。

样。"①"我们可以通过一个人敌人的数量来判断他的价值,通过人们对一个人作品的批评来断定它的重要程度。批评就像跳蚤,总是跳上白色的内衣并喜欢花边。"②"一个人写得好,就会招来两个敌人:第一,是读者,因为你的风格逼得他去思考,动脑筋;第二,是政府,因为政府感到我们也是一股力,而权力不喜欢另一股力。"③

优秀的作品或者是创新性暂时还不能为人们所接受;或者是出自嫉妒为人损毁:"凭经验我知道批评本身有多么愚蠢。人们总是指责一个作家,嫌他不是白的而是黑的,但他们自己却也想是黑的。"④"我得到了同行们漂亮的恭维,是真是假,我不知道。有人还向我保证,说德·拉马丁先生对我高度赞扬——这让我大吃一惊,因为书里的一切应该会触怒他!——《快报》和《箴言报》给我提出的建议非常诚恳。——有人请我写一个喜歌剧(喜剧!喜剧!),而且各种大大小小的报纸在议论我的《包法利夫人》。亲爱的夫人,我毫不谦虚,以上就是对我荣誉的总结。文学批评问题,您尽管放心,他们会谨慎对待我的,因为他们很清楚,我绝不会踩着他们的影子行走以期取而代之:相反,他们会对我十分亲切;用新壶

---

① 1853 年 6 月 1 日致高莱函,见 Gustave Flaubert, *Correpondance II*, Editions Gallimard, Paris, 1980, p. 338。

② 1853 年 6 月 14 日致高莱函,见 Gustave Flaubert, *Correpondance II*, Editions Gallimard, Paris, 1980, p. 354。

③ 1880 年 2 月 19 日致莫泊桑函,转引自[法]亨利·特罗亚:《不朽作家福楼拜》,罗新璋译,北京:世界知识出版社,2001 年,第 459 页。

④ 1857 年 2 月至 3 月致 Charles De La Rounat 函,见 Gustave Flaubert, *Correpondance II*, Editions Gallimard, Paris, 1980, p. 688。

砸旧罐子是令人愉快的！"①

　　或者是作品的批判讽刺程度是当局所不能容忍的："我怀疑任何一个剧院经理会愿意将其上演,也不相信戏剧审查机构会同意演出。人们会发现里面一些场景对社会的讽刺太过直接。"②

　　所以,福楼拜只把这个看成很次要的事。因为："我爸爸常说他不愿做精神病医生,认真的话,天长日久自己也会发疯。——同样,如果我们太担心这些蠢人,最后我们也会变成那样。"③所以福楼拜不屑于与这些较真,既没有时间,也怕玷污了自己。

　　那么如果有余力的话,该是另立炉灶、重整乾坤的时候了："批评是文学的最后一阶,它的形式几乎总是像道德一样,是不容置疑的。它无论如何是需要革新的工作了。"④"文学批评于我似乎是一种全新的、需要做的事(我已经趋同于它,这让我感到害怕)。到目前为止,参与文学批评的人们都不是专业的。他们也许能熟悉句子的解剖学,但他们肯定对文笔的生理学一窍不通。啊！文学！那是怎样一种长久不衰的渴求！就像我心中用了发疱药。这药不

　　① 1857 年 1 月 14 日致爱丽莎·施莱辛格函,见 Gustave Flaubert, *Correpondance II*, Editions Gallimard, Paris, 1980, p. 665。

　　② 1863 年 10 月 23 日致尚特比小姐函,见 Gustave Flaubert, *Correpondance III*, Editions Gallimard, Paris, 1991, p. 352。

　　③ 1853 年 6 月 28 日致高莱函,见 Gustave Flaubert, *Correpondance II*, Editions Gallimard, Paris, 1980, p. 367。

　　④ 1853 年 6 月 28 日致高莱函,见 Gustave Flaubert, *Correpondance II*, Editions Gallimard, Paris, 1980, p. 368。

停地弄得我发痒,我也其乐无穷地抓着痒。"①

　　福楼拜心目中的文学批评是:"批评应该像自然而然的历史那样,不含道德观念。"②正像他在致乔治·桑的信中所描述的那样,真正有益的批评应该以屠格涅夫为榜样:"昨天,我和屠格涅夫度过了非常美好的一天,我给他念了一百一十五页《圣安东尼的诱惑》。之后又念了一半左右《最后的歌》。他是怎样的听众!怎样的批评家呀!他深刻而清晰的见解简直让我着迷。啊!如果所有参与书评的人能听到他的话,那会是怎样的教训!听完一百行诗之后,他都能回想起其中有一个修饰词有缺陷!他就《圣安东尼的诱惑》给了我两三点有精彩细节的建议……"③

　　1868 年 7 月 5 日,福楼拜在给乔治·桑女士的信中说,等他老了,他要写文学评论,这可以使他放松一番,因为他总是被许多不期而至的想法塞得窒息。福楼拜想给世人做个榜样,告诉大家文学评论在他看来到底应该是什么样子的,但是,作家的这一夙愿终生未遂。也许,这也是批评界的一大遗憾吧。

　　福楼拜深信,对自己而言,除了写作,没有第二种安身立命之道:他"寻求的不过是安静平宁;只求椅子,不要宝座,只求满足,无

---

　　① 1853 年 9 月 30 日致高莱函,见 Gustave Flaubert, *Correpondance II*, Editions Gallimard, Paris, 1980, p. 445。

　　② 1853 年 10 月 12 日致高莱函,见 Gustave Flaubert, *Correpondance II*, Editions Gallimard, Paris, 1980, p. 450。法语原文为:Il faut faire de la critique comme on fait de l'histoire naturelle, *avec absence d'idée morale*。

　　③ 1872 年 1 月 28 日致乔治·桑函,见 Gustave Flaubert, *Correpondance*, Editions Flammarion, Paris, 1981, pp. 370 - 371。

须陶醉。——写作这一职业需要长期的惨淡经营。艺术强大到可以完全占有一个人。心有旁骛，简直是罪过。这是精神领域的一种盗窃，是对职责的玩忽职守"①。作家写作时渴望孤独，书中的人物对他来说比周围的活人更亲切。

艺术品之所以是艺术品，是它为艺术界带来了新的气息和血液，而新的东西为大多数人所接受一般需要很长一段时间。进入文坛这一是非之地，如不坚持己见，很容易沦为连自己都瞧不起的滑稽的丑角。满足庸众愚妄的好奇，无异于降低自己的品格。要取悦形形色色的批评吗？但是绝大多数的批评因为种种原因——嫉妒或者水平有限——不去提高公众的审美，反而降低艺术的标准去谄媚它。所以，福楼拜终身为捍卫艺术的一方净土而坚持着、斗争着，既不讨公众欢心也不向批评妥协。是金子总有一天会熠熠发光，是艺术品日后定能有人视若珍宝。所以艺术家是属于未来的，也只有未来才能容忍和接受艺术家。

福楼拜从审美与精神两方面给予艺术以最高的价值。除了"为艺术而艺术"的审美创作倾向外，还献给艺术基督徒般的虔诚，以宗教精神作为自己的指引，心甘情愿成为艺术的基督徒，舍弃自身的一切，全身心为艺术苦修。

但是福楼拜同样感到了艺术无力的一方面。1870 年普法战争爆发，战争之初，福楼拜以文化的名义谴责这场战争，但无济于事，他应征入伍，进鲁昂市立医院当看护。然而战事不妙，法国节节败

---

① 1853 年 8 月 21 日致高莱函，见 Gustave Flaubert, *Correpondance II*, E-ditions Gallimard, Paris, 1980, p.403。

退,福楼拜对人民和政府深感失望。1870 年 10 月 28 日,他给外甥女卡罗琳写信,说自己深深体会到了"文学的虚妄无用"。到晚年,他的母亲去世,外甥女家又遭遇破产时,福楼拜不善理财又受到破产的牵连,生活困顿,才顿感文学并不能保障自己的生活。但无论是遭遇战乱,还是穷困潦倒,唯一能让他暂时逃离现实的只有文学,只有写作。文学让他有了精神寄托,是他活下去的理由。这从另一方面印证了文学虽没有物质实用性,但是它的精神价值是不可估量的。

福楼拜并不是要从本体上否定人民大众,否定读者,否定批评。虽然充斥在他作品中的人物大多愚蠢庸俗,但我们应该意识到福楼拜作品中巨大的反讽力量。他的作品实际上并没有真正地做到"为艺术而艺术",彻底无视读者和批评。只是当时的读者和批评在福楼拜看来绝大多数都是不合格的,他一直认为未来的读者是可以理解他的,所以他才坚信只要语言存在,自己的作品就可以流传下去。作品为什么可以流传?当然是因为有读者。并且,如果是真正的"无视读者",他也就不会要求自己作品的最终目的是给人幻象,引人思索了。由此可见,福楼拜还是有着自己的作品最终能作用于读者的诉求的。他对将来的批评也是抱有希望的,它应像历史那样自然而然,针对作品本身,不含道德观念。

结　语

　　福楼拜不准自己出现于自己的艺术作品中。于是这位独身者,在他深长的寂寞之中,把至情至性的自己通过一行行的书信展示给他的朋友们。他的书信包罗万象:对亲人朋友的深爱与关切,对情人的思念与渴望,对庸俗人事的厌恶与声讨,创作的喜悦与煎熬,旅行的奇遇与见闻,对生活的思考与规划,对艺术的追求与实践,等等。他少而精的作品实践与检验着自己在博而丰的书信中提出并思考的文艺思想。所以结合作品提炼书信中的文艺思想既有着可行性又有着可信性。在阅读书信的过程中考察他的创作实践,我们可以在较为全面地了解福楼拜的同时,得以系统地窥见他的文艺思想。

　　福楼拜对平庸深恶痛绝,唯有艺术可以拯救他于水火之中。一方面是跌宕起伏的想象,一方面是秽恶难闻的现实。他生活于臆想的人物中间,远离现实世界。纵情于遐想,无所为而为,凡是妨碍他神游冥想的,他都厌恶至极。

　　书房对于福楼拜而言,既是逃避尘世污风浊浪的避难所,又是他自虐般欲罢不能的酷刑室。在此,写作是激起生命热情的燃料。创作在福楼拜身上的功效说得再大都不过分。创作是他的生活,字句是他的悲欢离合,而艺术是他的整个生命。

　　福楼拜认为,主题没有高下之分、优劣之别。在创作过程当中,任何主题都可以借助妙笔而生花,达至纯美境界。这一点,福楼拜已经成功实现了。《包法利夫人》能把一个在他人看来平庸甚至肮脏的普通村妇偷情终害己的主题,演绎得列入世界文学名著的行列而没有丝毫愧色,荣登精致艺术品的殿堂也名至实归,就是最好的证明。但是没有美丑高下的主题却有着难易的不同。任何主题都可以写只能是从广义上讲,指的是不同气质的作家可以处理不同的主题,这样所有的主题都可以有适合自己的作家。针对作家个人而言,选择与自己气质协调一致的主题处理起来就容易得多,否则就会吃尽苦头,甚至费力不讨好。至于福楼拜所憧憬的——写一本没有主题的书,至少是让人难以察觉它的主题——也只能仅仅是设想,是"如果可能"。即使是大家公认的深受福楼拜创作思想影响的现代派小说,无论是达达主义、超现实主义作品,还是存在主义小说与新小说,看似支离破碎没有主题,实际上有着共同的主题,即表现荒诞。福楼拜对庸常生活无比痛恨,但是创作必须以现实为依托。因为归根到底,文学要写人,即便是写神、写英雄,那也是人们对自己生活理想的投射,实际上文学还是人学,是对人永恒的观照。置身红尘俗事,而非来自真空,却想纤尘不染,只能是像鲁迅先生曾经形容的那样:"要做这样的人,恰如用自己的手拔头发,要离开地球一样。"某些文艺思想只能是福楼拜给自己树立的远大目标,永远不可能真正达到。

福楼拜认为,为了追求艺术给人幻象、引人思索这一终极目的,艺术必须是客观的。笔者认为,福楼拜的文艺思想存在着一个巨大的悖论:他极力倡导艺术的客观化、艺术不应该下结论,但是自己有关艺术的观点和看法却无一不是以定论的形式提出,这是他身上无法克服的矛盾。好在这一矛盾并未影响到他对自己作品客观化的坚持与呈现。并且,虽然尽量模仿上帝,力求做到客观,但是,小说是作为作家的凡人写给作为读者的凡人看的,二者皆凡人,而非上帝,所以福楼拜根本不可能做到绝对的客观。写作是一项非常主观的活动,由此出发,越是显得客观性十足的作品,也就越是主观的,因为这客观效果是作者主观刻意为之才可达到。福楼拜竭力显示自己超然于小说之外,但是也只是隐藏得比较深而已,读者仔细揣摩,还是能在诸多细微之处体会到作者对人物的褒贬好恶。不过瑕不掩瑜,客观性仍然是福楼拜文艺思想最重要的观点之一,并且是他文学作品最显著的特点与成就之一。

福楼拜认为,作品的客观性是其普遍性的基础。作品的普遍性即小说是科学的,存在于一般性之中。他的艺术理想是:作品应具有普遍性,才能达到影射一般、褒贬人类的普遍效果,而不是简单地对号入座。福楼拜所指的科学,既包括反映飞速发展的科学知识,也包括艺术的科学化。对于科学、科学性,福楼拜强调的只是它们的客观、精确,以及由此带来的普遍性,却并不是由科学发展而来的现代文明。并且福楼拜认为,诗意与科学性是艺术不可偏废的两个方面。

艺术的最终目的是给人幻象,为了达到这一效果,它必须客观。客观要求首先要达到一般的物质真实。但是现实生活只是福楼拜达到其艺术理想的一块跳板而已,以艺术家的高度要求自己的福楼拜并不拘泥于事物的物质真实。福楼拜所追求的能给人幻象的是一种"真实的真实",即笔者暂时称之为"艺术真实"的真实。艺术真实绝不仅仅是对生活简单的模仿,艺术家接受生活中的事实,然后经由福楼拜所说的"渲染""变形",给予它们美的形体。用这种艺术真实营造艺术幻象。这种真实能够予人幻象、引人思考、艺术地反映生活,达到了普鲁斯特所说的"福楼拜第一个使这些时代变化摆脱了对历史上的趣闻逸事和渣滓糟粕的依附。他第一个为它们谱上了乐曲"①。必须指出的是,福楼拜的虚构、幻象是有限度的。根据他的论断——"根据各种可能和我个人的感受,我认为我写了一些很像迦太基的东西。但问题还不在这里,我根本不在乎考古学!如果我的小说色调不统一,细节不协调;如果人物的道德品行不从宗教产生,事件不从情感活动产生,而各种性格又没有连续性;如果服装不合乎习俗,建筑不合乎气候;总之,如果没有和谐,我就有错。否则就没有错。一切都站得住脚。"②——我们得知:虚构的底线就是必须和谐,即能达到艺术真实的境地。

追求艺术真实并不是美化现实。在福楼拜看来,放弃美化并不是把道德清除得一干二净,而是真正的艺术品本身便包含一种无形的道德教化。他认为真正的艺术是真实的,是正确的,是客观公正的,要想达到这些,就要与科学结合以达到追求普遍性,要把个人自然而然、无迹可求地融入作品,做到非个人化,还给事物各自存在的价值,虽不做结论、不思教诲却已于无形当中达到了最高境界的教化。在1871年10月致乔治·桑的书信中,福楼拜表示:"公正组成一切道德。"他认为道德是公正,是美,而不是那些框了

① [法]马塞尔·普鲁斯特:《普鲁斯特随笔集》,张小鲁译,深圳:海天出版社,1993年,第233页。
② 1862年12月23至24日致圣伯夫函,转引自[法]福楼拜:《福楼拜小说全集》(下),刘益庚、刘方译,北京:人民文学出版社,2002年,第550页。

我们太久的慈悲、人道主义、情感、理想之流的东西。艺术品所具有的道德成分绝对不是道德训诫,而是本身具有的一种气质,艺术品只要是具有艺术真实的,那么它就必然是公正的和美的,是道德的。

艺术建立在客观性基础之上的普遍性追求及给人幻象的目的,虽然也受到艺术不可能绝对客观的影响,但是整体上,福楼拜的作品还是在一般性的追求上和幻象的营造上取得了令他本人及今日的读者相当满意的效果。

福楼拜在《布瓦尔与佩库歇》还处于未完成状态时便与世长辞,不知道该替他庆幸还是惋惜。福楼拜一生追求完美,最终自己的力作却未能足月诞生,最后的两章只是后人按照他稿纸上的写作计划简单罗列出来的一个骨架,没能达到血肉丰满。但是从另一方面讲,福楼拜也最擅长使用直陈式未完成过去时,并且厌恶下结论,那么这种没有完成的艺术品是不是也是一种命运的安排呢?是不是自己“不下结论”的结论终成谶语了呢? 也许所有的完美之中都包含了缺憾:断臂维纳斯或许正因为断臂的“不完美”才留给世人无限的遐想空间,而成就了永恒之美;成为张爱玲四恨(张爱玲说,人生四大恨:海棠无香;鲥鱼多刺;曹雪芹《红楼梦》残缺不全;高氏妄改——死有余辜)之一的“红楼未完”也许正因为“未完”,才予以了后人无尽的阐释天地。

写作虽艰辛无比,却是福楼拜的生命。所以作者死在了未竟的作品之上,是对作者美学思想最好的诠释。①

　　福楼拜是法国文学史乃至世界文学史上承上启下且不可缺少的一环,连接了文学中的现实主义和现代主义。法国戏剧家朱尔·克拉勒蒂直截了当地说:"确保我们国家在世界上拥有霸权的是文学艺术,是小说,是历史。"②1890年11月23日,埃德蒙·德·龚古尔在福楼拜纪念像揭幕仪式上致辞:"继我们伟大的父亲和大师巴尔扎克之后,福楼拜发现了一种现实,一种和他的先驱者所描绘的一样强烈的现实,无疑这是一种更艺术的现实……"③福楼拜有着令枯燥乏味的现实生活免除平庸单调之嫌的高超技巧和独特才能,所以,1953年,巴特在他的《写作的零度》中说:"从福楼拜开始,文学前所未有地转回自身。"萨特也认为:"全部的文学,从福楼拜直至现在,已经变成了语言的问题学"④。由此,在国际文学界,当人们谈起小说技巧时,福楼拜成为一个不可逾越的重大存在。因此种种,福楼拜及其作品才成为法国乃至世界的瑰宝。

---

　　①　参见 Thierry Poyet, *Pour une Estétique de Flaubert-D'après sa correspondance*, Saint-Pierre-du-Mont, Cedex, France, 2000, p.84。

　　②　让-皮埃尔·里乌(Jean-Pierre Rioux)、让-弗朗索瓦·西里内利(Jean-François Sirinelli):《法国文化史 IV——大众时代:二十世纪》,吴模信、潘丽珍译,上海:华东师范大学出版社,2006年,第3页。

　　③　《龚古尔日记》(1890年11月23日),见 Edmond et Jules de Goncour, *Journal : Mémoires de la vie littéraire III* (1887–1896), Robert Laffont, Pari, 1989, p.496。

　　④　[美]雷纳·韦勒克:《近代文学批评史》(第8卷　法国、意大利、西班牙批评　1900—1950),杨自伍译,上海:上海译文出版社,2006年,第301页。

主要参考资料
（按出版或发表时间排序）

一、外文资料

（一）福楼拜书信

[1] Gustave Flaubert, *Correpondance I*, Editions Gallimard, Paris, 1973.

[2] Gustave Flaubert, *Correpondance II*, Editions Gallimard, Paris, 1980.

[3] Gustave Flaubert, *Correpondance III*, Editions Gallimard, Paris, 1991.

[4] Gustave Flaubert, *Correpondance*, Editions Flammarion, Paris, 1981.

[5] Selected, Edited, and Translated by Francis Steegmuller, *The letters of Gustave Flaubert* 1857 – 1880, The Belknap Press of Harvard University Press, Cambridge , Massachusetts and London, England, 1982.

（二）其他

[1] *Les Saintes Ecritures-Traduction du monde nouveau*, Editions les Témoins de Jéhovah de France, (ASS. 1901). (法语版《圣经》)

［2］（Thèse）E. -L. Ferrère（Ancien élève de l'Ecole Normale Supérieure）Présentée à La Faculté des Lettres de l'Université de Paris, *L'Esthétique de Gustave Flaubert*, 1913.

［3］Gustave Flaubert, *L'Education sentimental*, Gallimard, Paris, 1965.

［4］Charles Carlut, *La correspondance de Flaubert-Etude et Répertoire Critique*, OHIO State University Press, 1968.

［5］Gustave Flaubert, *Madame Bovary*, Flammarion, Paris, 1986.

［6］Sous la direction de Raymonde Debray Genette et Jacques Neefs, *L'Œuvre de l'œuvre*：*Etudes sur la correspondance de Flaubert*, Presses Universitaires de Vincennes, Université de Paris VIII, PUV Saint-Denis, 1993.

［7］Thierry Poyet, *Pour une Estétique de Flaubert-D'après sa correspondance*, Saint-Pierre-du-Mont, Cedex, France, 2000.

［8］Gisèle Séginge, *Flaubert-Une Ethique de l'Art Pur*, Sedes ╱HER, 2000.

［9］Edited by Alan Raitt, *The Originality of Madame Bovary*, Oxford；Bern；Berlin；Bruxelles；Frankfurt am Main；New York；Wien：Lang, 2002.

［10］Sylvie Triaire（1870 – 1880）, *Une esthétique de la déliaision Flaubert*, Honoré Champion, 2002.

［11］Edited by Timothy Unwin, *The cambridge companion to Flaubert*, Cambridge University Press, 2004.

［12］Textes réunis par Tanguy Logé et Marie-France Renard, *Flaubert* et la théorie littétaire, Facultés Universitaires Saint-Louis, 2005.

［13］Textes réunis et présentés par Gisèle Séginger, *Gustave Flaubert 5-dix ans de critique*, Paris-CAEN, 2005.

［14］Jean Bruneau et Yvan Leclerc, *Gustave Flaubert Correspondance Index*, Gallimard, 2007.

［15］Thierry Poyet, *Flaubert ou une conscience en formation-Ethique et esthétique de la correspondence* 1830 – 1857, L'Harmattan, 2008.

［16］Christine Queffélec, *L'esthétique de Gustave Flaubert et d'Oscar Wilde-les rapports de l'art et de la vie*, Honoré Champion, Paris, 2008.

［17］Jean-Benoît Guinot, *Gustave Flaubert*（*Dictionnaire*）, CNRS Editions, 2010.

二、中文论著

（一）专著

［1］中国社会科学院外国文学研究所外国文学研究资料丛刊编辑委员会编:《欧美古典作家论现实主义和浪漫主义》(二),北京:中国社会科学出版社,1980 年。

［2］郑克鲁:《法国文学论集》,南宁:漓江出版社,1982 年。

［3］刘扳盛:《法国文学名家》,哈尔滨:黑龙江人民出版社,1983 年。

［4］孟宪义:《福楼拜》(1821—1880),沈阳:辽宁人民出版社,

1983 年。

[5] 艾珉:《法国文学的理性批判精神——从拉伯雷到萨特》,北京:北京大学出版社,1991 年 。

[6] 郭华榕:《法兰西第二帝国史》,北京:北京大学出版社,1991 年。

[7] 王诜编:《世界著名作家访谈录》,南京:江苏文艺出版社,1991 年。

[8] 纹绮:《福楼拜·莫泊桑妙语录》,兰州:甘肃人民出版社,1992 年。

[9] 翁义钦:《欧美近代小说理论史稿》,哈尔滨:黑龙江人民出版社,1994 年。

[10] 吕同六主编:《20 世纪世界小说理论经典》(上、下),北京:华夏出版社,1995 年。

[11] 郑克鲁:《现代法国小说史》,上海:上海外语教育出版社,1998 年。

[12] 吴岳添:《法国文学散论》,北京:东方出版社,2002 年。

[13] 鲁迅:《鲁迅全集》(第 6 卷),北京:人民文学出版社,2005 年。

[14] 王钦峰:《福楼拜与现代思想》,银川:宁夏人民出版社,2006 年。

[15] 李健吾:《福楼拜评传》,上海:商务印书馆,1935 年。

[16] 朱志荣:《西方文论史》,北京:北京大学出版社,2007 年。

[17] 王向远:《宏观比较文学讲演录》,桂林:广西师范大学出版

社,2008 年。

［18］郑克鲁:《法国文学史教程》,北京:北京大学出版社,2008 年。

［19］宗白华:《艺境》,合肥:安徽教育出版社,2008 年。

［20］［法］福楼拜:《福楼拜短篇小说集》,李健吾译,上海:商务印书馆,1936 年。

［21］［法］圣·勃夫:《论乔治·桑》,成钰亭译,上海:新文艺出版社,1954 年。

［22］［法］布瓦洛:《诗的艺术》(增补本),范希衡译,北京:人民文学出版社,1959 年。

［23］［苏联］伊瓦青珂:《福楼拜》,盛澄华、李宗杰译,上海:上海文艺出版社,1959 年。

［24］中国社会科学院外国文学研究所外国文学研究资料丛刊编辑委员会编:《卢卡契文学论文集》(二),北京:中国社会科学出版社,1981 年。

［25］［法］福楼拜:《萨朗波》,郑永慧译,南京:译林出版社,1998 年。

［26］［美］克里斯托弗·考德威尔:《浪漫主义与现实主义:对英国资产阶级文学的研究》,薛鸿时译,北京:生活·读书·新知三联书店,1988 年。

［27］［英］达米安·格兰特:《现实主义》,周发祥译,北京:昆仑出版社,1989 年。

［28］［美］R.韦勒克著,刘象愚选编:《文学思潮和文学运动的概念》,北京:中国社会科学出版社,1989 年。

［29］［英］卢伯克、福斯特、缪尔:《小说美学经典三种》,方土人、罗婉华译,上海:上海文艺出版社,1990 年。

［30］［美］乔纳森·卡勒:《结构主义诗学》,盛宁译,北京:中国社会科学出版社,1991 年。

［31］［法］萨特:《萨特文论选》,施康强选译,北京:人民文学出版社,1991 年。

［32］［法］让－皮埃尔·理查:《文学与感觉:司汤达与福楼拜》,顾嘉琛译,北京:生活·读书·新知三联书店,1992 年。

［33］［法］马塞尔·普鲁斯特:《普鲁斯特随笔集》,张小鲁译,深圳:海天出版社,1993 年。

［34］［法］福楼拜:《福楼拜短篇小说选》,郎维忠译,长沙:湖南文艺出版社,1994 年。

［35］［法］米歇尔·莱蒙:《法国现代小说史》,徐知免、杨剑译,上海:上海译文出版社,1995 年。

［36］［丹麦］勃兰兑斯:《法国的浪漫派》,李宗杰译,北京:人民文学出版社,1997 年。

［37］［法］皮埃尔·布吕奈尔、伊沃纳·贝朗瑞、达尼埃尔·库蒂等:《19 世纪法国文学史》,郑克鲁、黄慧珍、何敬业等译,上海:上海人民出版社,1997 年。

［38］《缪灵珠美学译文集》,缪灵珠译,章安祺编订,北京:中国人民大学出版社,1998 年。

［39］［法］勒内·基拉尔:《浪漫的谎言与小说的真实》,罗芃译,北京:生活·读书·新知三联书店,1998 年。

[40]《巴赫金全集》(第四卷),白春仁、晓河、周启超等译,石家庄:
　　河北教育出版社,1998年。

[41][英]毛姆:《毛姆读书随笔》,刘文荣译,上海:上海三联书店,
　　1999年。

[42][法]皮埃尔·布迪厄:《艺术的法则——文学场的生成和结
　　构》,刘晖译,北京:中央编译出版社,2001年。

[43][法]亨利·特罗亚:《不朽作家福楼拜》,罗新璋译,北京:世
　　界知识出版社,2001年。

[44][法]罗杰·法约尔:《批评:方法与历史》,怀宇译,天津:百花
　　文艺出版社,2002年。

[45][法]福楼拜:《福楼拜小说全集》(上),李健吾、何友齐译,北
　　京:人民文学出版社,2002年。

[46][法]福楼拜:《福楼拜小说全集》(中),王文融、刘方译,北
　　京:人民文学出版社,2002年。

[47][法]福楼拜:《福楼拜小说全集》(下),刘益庾、刘方译,北
　　京:人民文学出版社,2002年。

[48][法]瓦莱里:《文艺杂谈》,段映虹译,天津:百花文艺出版社,
　　2002年。

[49][美]欧文·白璧德:《法国现代批评大师》,孙宜学译,桂林:
　　广西师范大学出版社,2002年。

[50]《圣经》,南京:中国基督教三自爱国运动委员会、中国基督教
　　协会,2003年。

[51][法]福楼拜:《情感教育》,王文融译,北京:人民文学出版社,

2004 年。

[52] [英]奥斯卡·王尔德:《谎言的衰落:王尔德艺术批评文选》,萧易译,南京:江苏教育出版社,2004 年。

[53] [英]朱利安·巴恩斯:《福楼拜的鹦鹉》,汤永宽译,南京:译林出版社,2005 年。

[54] [法]巴尔扎克:《贝姨》,王文融译,北京:人民文学出版社,2005 年。

[55] [美]弗拉基米尔·纳博科夫:《文学讲稿》,申慧辉等译,上海:上海三联书店,2005 年。

[56] [法]安东尼·德·巴克、弗朗索瓦丝·梅洛尼奥:《法国文化史 III——启蒙与自由:十八世纪和十九世纪》,朱静、许光华译,上海:华东师范大学出版社,2006 年。

[57] [美]彼得·盖伊:《历史学家的三堂小说课》,刘森尧译,北京:北京大学出版社,2006 年。

[58] [法]让－皮埃尔·里乌、让－弗朗索瓦·西里内利:《法国文化史 IV——大众时代:二十世纪》,吴模信、潘丽珍译,上海:华东师范大学出版社,2006 年。

[59] [美]雷纳·韦勒克:《近代文学批评史》(第 8 卷　法国、意大利、西班牙批评　1900—1950),杨自伍译,上海:上海译文出版社,2006 年。

[60] [法]米歇尔·维诺克:《自由之声:19 世纪法国公共知识界大观》,吕一民、沈衡、顾杭译,北京:中国人民大学出版社,2006 年。

［61］［法］福楼拜:《包法利夫人》,周克希译,上海:上海译文出版社,2007 年。

［62］［法］让－保尔·古:《声声不息》,杨振译,上海:华东师范大学出版社,2007 年。

［63］［法］普鲁斯特:《驳圣伯夫》,王道乾译,上海:上海译文出版社,2007 年。

［64］［古希腊］亚里士多德、［古罗马］贺拉斯:《诗学　诗艺》,杨周翰译,北京:人民文学出版社,2008 年。

［65］［法］大仲马:《基度山伯爵》,蒋学模译,北京:人民文学出版社,1978 年。

［66］［英］萨默塞特·毛姆:《巨匠与杰作》,李锋译,南京:南京大学出版社,2008 年。

［67］［英］简·奥斯丁:《傲慢与偏见》,王科一译,上海:上海译文出版社,2008 年。

［68］［法］波德莱尔:《浪漫派的艺术》,郭宏安译,上海:上海译文出版社,2009 年。

［69］［法］居斯塔夫·福楼拜:《庸见词典》,施康强译,上海:上海译文出版社,2010 年。

［70］［俄］列夫·托尔斯泰:《战争与和平》,娄自良译,上海:上海译文出版社,2010 年。

［71］［法］安娜·博凯尔、艾蒂安·克恩:《法国文人相轻史》,李欣译,南京:江苏文艺出版社,2012 年。

［72］［法］福楼拜:《福楼拜文学书简》,丁世中译,北京:北京燕山

出版社,2012 年。

（二）论文

1. 博士论文

［1］周小珊:《〈包法利夫人〉在中国的翻译、接受与影响研究》,南京:南京大学,2003 年。

［2］赵丹霞:《文学风格的翻译:以〈包法利夫人〉的三个中译本为例》,北京:中国社会科学院,2009 年。

2. 硕士论文

［1］陈效云:《福楼拜与小说成规》,成都:四川大学,1992 年。

［2］李梅:《福楼拜的客观性原则及其在〈包法利夫人〉中的运用》,北京:北京大学,1996 年。

［3］彭文娟:*Mediocrité : condition humaine selon Flaubert romancier*,北京:北京大学,1999 年。

［4］郭文娟:《福楼拜作品现代性初探》,济南:山东师范大学,2000 年。

［5］强月霞:《福楼拜的客观性原则及其在创作中的运用》,北京:北京师范大学, 2001 年。

［6］罗媛:*In pursuit of the real-a study of Flaubert's Parrot* ,苏州:苏州大学,2003 年。

［7］王娟:《追求完美的居斯塔夫·福楼拜》,北京:北京外国语大学,2005 年。

［8］韩晓清:《中国现代作家对福楼拜的接受研究》,兰州:西北师范大学,2007 年。

［9］袁演:《传统中的嬗变——试论〈包法利夫人〉的叙事艺术》,南昌:南昌大学,2007 年。

［10］黄海宁:《论〈布瓦尔与佩库歇〉与福楼拜创作风格的转型》,湘潭:湘潭大学,2008 年。

［11］赵广全:《试论福楼拜小说的创新性——以〈包法利夫人〉为例》,上海:上海师范大学,2008 年。

［12］李艳:《爱玛之死——论〈包法利夫人〉的欲望叙事》,兰州:兰州大学,2010 年。

3. 期刊论文

［1］沈雁冰:《纪念佛罗贝尔的百年生日》,载《小说月报》1921 年第 12 期。

［2］李健吾:《科学对法兰西十九世纪现实主义小说艺术的影响——纪念〈包法利夫人〉成书百年(1857—1957)》,载《文学研究》1957 年第 4 期。

［3］郑克鲁:《略论福楼拜的小说创作》,载《外国文学研究》1979 年第 1 期。

［4］柳鸣九:《论法国十九世纪批判现实主义文学》,载《社会科学战线》1980 年第 3 期。

［5］彭启华:《科学技术进步与十九世纪现实主义》,载《外国文学研究》1980 年第 4 期。

［6］冯汉津:《福楼拜的艺术追求和他的〈情感教育〉》,载《读书》1981 年第 9 期。

［7］吕宋:《福楼拜谈读书方法》,载《读书》1981 年第 9 期。

［8］李健吾：《〈包法利夫人〉作者的疏忽》，载《社会科学战线》1983 年第 1 期。

［9］冯汉津：《福楼拜是现代小说的接生婆》，载《社会科学战线》1985 年第 2 期。

［10］南茜：《福楼拜与现代小说》，载《外国文学研究》1985 年第 4 期。

［11］胡亚敏：《论自由间接引语》，载《外国文学研究》1989 年第 1 期。

［12］巴文华：《论〈圣安东尼的诱惑〉的诱惑——兼及现代派艺术溯源》，载《外国文学评论》1990 年第 3 期。

［13］张颐武：《文艺学的新视野》，载《天津文学》1990 年第 7 期。

［14］王钦峰：《论"福楼拜问题"》，载《外国文学评论》1994 年第 4 期。

［15］蒋承勇：《福楼拜：从现实主义走向现代主义》，载《浙江大学学报》（社会科学版）1995 年第 4 期。

［16］王钦峰：《福楼拜叙述言路的中断》，载《贵州大学学报》（社会科学版）1995 年第 2 期。

［17］王钦峰：《论"福楼拜问题"（续完）》，载《外国文学评论》1995 年第 1 期。

［18］申丹：《从一个生活片段看不同叙事视角的不同功能》，载《山东外语教学》1996 年第 3 期。

［19］段映虹：《试论〈情感教育〉的叙述手段》，载《国外文学》1997 年第 1 期。

［20］李云峰:《试论福楼拜〈包法利夫人〉中的"双眼视觉"》,载《信阳师范学院学报》(哲学社会科学版)1997 年第 3 期。

［21］赵家鹤:《追求"男子汉"的悲剧——析爱玛悲剧的时代特征》,载《江西教育学院学报》(社会科学版)1998 年第 2 期。

［22］蒋承勇:《福楼拜的文化人格与小说的现代文化意蕴》,载《浙江大学学报》(人文社会科学版)1999 年第 6 期。

［23］郭文娟:《从心理描写看福楼拜作品的现代性》,载《山东教育学院学报》2000 年第 5 期。

［24］郭文娟:《福楼拜作品话语系统现代性初探》,载《山东师大学报》(社会科学版)2000 年第 5 期。

［25］王钦峰:《从主题到虚无:福楼拜对小说创作原则的背离》,载《外国文学评论》2000 年第 2 期。

［26］任文汇:《巴尔扎克和福楼拜小说艺术特征比较》,载《苏州教育学院学报》2001 年第 4 期。

［27］王红莉:《残酷的写实——从爱玛的形象看福楼拜写作艺术的独创性》,载《陕西教育学院学报》2001 年第 4 期。

［28］汪火焰、田传茂:《镜子与影子——略论福楼拜和他的〈包法利夫人〉》,载《外国文学研究》2001 年第 1 期。

［29］王钦峰:《重审福楼拜的现实主义问题》,载《国外文学》2001 年第 1 期。

［30］张云君:《〈包法利夫人〉中的隐喻象征意象阐释》,载《北华大学学报》(社会科学版)2001 年第 4 期。

［31］杨亦军:《福楼拜的现实主义与新小说的后现代主义特点》,

载《外国文学研究》2002 年第 4 期。

[32] 王爱松:《历史真实:可能性及其限度》,载《江海学刊》2003 年第 1 期。

[33] 王元骧:《艺术真实的系统考察》,载《江海学刊》2003 年第 1 期。

[34] 徐贲:《文化"场域"中的福楼拜》,载《中国比较文学》2003 年第 4 期。

[35] 王钦峰:《福楼拜"非个人化"原则的哲学基础》,载《外国文学研究》2005 年第 1 期。

[36] 王钦峰:《社会历史批评视野中的福楼拜》,载《广州大学学报》(社会科学版)2005 年第 8 期。

[37] 冯寿农:《法国文坛对福楼拜的〈包法利夫人〉的批评管窥》,载《法国研究》2006 年第 3 期。

[38] 王钦峰:《二十世纪福楼拜研究中的意识批评》,载《三峡大学学报》(人文社会科学版)2006 年第 6 期。

[39] 王钦峰:《福楼拜与空想社会主义》,载《外国文学研究》2006 年第 5 期。

[40] 田庆生:《"白墙"的建构——论〈情感教育〉的现代性》,载《外国文学评论》2007 年第 2 期。

[41] 赵山奎:《福楼拜〈萨郎波〉的欲望叙事》,载《外国文学》2007 年第 2 期。

[42] 陈后亮:《艺术真实观在西方文学传统中的嬗变》,载《燕山大学学报》(哲学社会科学版)2011 年第 1 期。

［43］范水平:《论福楼拜与自然主义和现代性》,载《廊坊师范学院
　　　学报》(社会科学版)2011 年第 6 期。

［44］彭俞霞:《人云亦云之语言枷锁——评福楼拜的〈庸见词
　　　典〉》,载《外国文学》2011 年第 5 期。

［45］范水平:《李健吾文学批评的自然主义倾向》,载《求索》2011
　　　年第 6 期。

［46］王钦峰:《福楼拜:现实主义伪装下的唯美主义者》,载《中国
　　　政法大学学报》2012 年第 4 期。